JOSEPH THIRION
AVOCAT A LA COUR D'APPEL

LA PERSÉCUTION RELIGIEUSE SOUS LA Troisième République

LES RR. PP. Rédemptoristes de Ménilmontant

DEUXIÈME ÉDITION

Augmentée du Récit de l'Expulsion des Pères et du Jugement de la Cour d'appel

PARIS
LIBRAIRIE DES SAINTS-PÈRES
83, RUE DES SAINTS-PÈRES, 83

1905

LA

PERSÉCUTION RELIGIEUSE

SOUS LA

Troisième République

LES RR. PP. RÉDEMPTORISTES DE MÉNILMONTANT

EN VENTE A LA MÊME LIBRAIRIE

EN EXIL : *Les Congrégations françaises hors de France*, par JOSEPH THIRION, avocat à la cour d'appel. Préface du R. P. Dom BESSE, bénédictin. Un vol. in-12 broché. Prix. . . . . 1 fr.

Les grands Hommes de l'Eglise

AU XIXe SIÈCLE

Lacordaire, par GABRIEL LEDOS, sous-bibliothécaire à la Bibliothèque nationale ; préface du R. P. OLLIVIER. Orné d'un portrait inédit en héliogravure (3e édit.) 2 fr.

J.-H. Newman, *Essai de psychologie religieuse*, par GEORGES GRAPPE ; préface de PAUL BOURGET, de l'Académie française. Avec un portrait inédit de Newmann (2e édition) . . . . 2 fr.

Le Cardinal Pie, sa vie, son action religieuse et sociale, par Dom BESSE, bénédictin. Orné d'un beau portrait (2e édition). . . . . 2 fr.

Frédéric Ozanam, par BERNARD FAULQUIER, ancien Elève de l'Ecole des Chartes ; préface du R. P. ALFRED BAUDRILLART, de l'Oratoire. Avec un portrait d'après le buste d'Ozanam . . . . 2 fr.

Mgr Dupanloup, par M. MICHEL SALOMON, préface du comte H. DE LACOMBE ; avec un portrait. . . 2 fr.

Lamoricière, par M. EUG. FLORNOY, préface du comte ALBERT DE MUN, de l'Académie française ; avec un beau portrait et un fac-simile. . . . . 2 fr.

Ketteler, « *Un évêque social* », par M. JEAN LIONNET, préface de Mgr TOUCHET, évêque d'Orléans ; précédé d'un portrait . . . . 2 fr.

EN PRÉPARATION :

Le cardinal Lavigerie ; **Louis Veuillot** ; **Mgr Freppel** ; **Le P. Faber** ; **Le P. de Ravignan** ; **Le P. Félix** ; **Montalembert** ; **Le Cardinal Manning** ; **Windthorst** ; **Léon XIII, etc.**

(Chaque volume, 2 fr. — Franco, 2 fr. 40)

LES PÈRES RÉDEMPTORISTES AU RETOUR DU PALAIS DE JUSTICE, LE 30 JUILLET 1903.

R. P. BÉTHUNE — R. P. GEORGE, Recteur de Paris — R. P. CASTELAIN, provincial — R. P. MONNIOT, Recteur d'Antony — R. P. HENRY

R. P. TÉTARD — R. P. MOUTON — R. P. VOINOT — R. P. JACQUEMARD — R. P. MAILLARD

Fr. CONSTANT — R. P. HAMEZ — Fr. ISIDORE — M. l'abbé GILLET — R. P. DE PARSEVAL

JOSEPH THIRION
AVOCAT A LA COUR D'APPEL

LA Persécution Religieuse sous la Troisième République

LES RR. PP. Rédemptoristes de Ménilmontant

PARIS
LIBRAIRIE DES SAINTS-PÈRES
83, RUE DES SAINTS-PÈRES, 83

1904

AVANT-PROPOS

Un écrivain dont le talent, parfois très recherché, ne laisse pas, néanmoins, que d'être très réel, a couronné naguère de cette dédicace l'œuvre élevée par lui à la gloire des religieux proscrits :

« Aux vandales de la démocratie contemporaine :

« Les moines et les abbayes qui vont mourir. »

Justifiée cependant par toutes les apparences, cette formule, prise à la lettre, ne va pas sans une certaine évidente exagération.

Les moines et les abbayes peuvent disparaître, un instant, dans la tourmente ; ils ne meurent pas.

« Les moines », — écrivait un vaillant religieux à la veille de son départ pour le lointain exil, — « les moines ont dans les veines quel-

que chose d'éternel. Abattus, leurs monastères repoussent : ce sont les chênes de Dieu. »

C'est sous l'empire de cette pensée, réconfortante comme un rayon d'espérance, que je voudrais livrer au lecteur les pages qui vont suivre.

En retraçant, au jour le jour, les phases diverses de l'un des épisodes de la guerre religieuse sous la troisième République, je sais ainsi répondre au plus cher désir des persécutés.

Mais je voudrais aussi que la méditation de ces quelques lignes fût pour tous d'un utile enseignement.

Peut-être la conclusion qui s'imposera pour beaucoup, à la lecture de ce petit livre, sera-t-elle l'intime persuasion que les désastres de l'heure présente ne sont que les trop justes conséquences d'une tactique déplorable, qui fut, trop souvent, celle des catholiques français.

Peut-être beaucoup penseront-ils que la persécution qui fait rage, en notre temps, n'est-elle que la suite nécessaire de l'abandon, devant la révolution triomphante, des fortes et salutaires données de la tradition nationale.

Loin de moi la pensée de combattre une opinion que je crois juste.

A ceux de mes lecteurs qui le croiront également de conformer leur conduite à leurs convictions.

Mais à tous, je veux rappeler ici cette parole de l'illustre Cardinal Pie : « Dans la balance divine, pour le salut d'un peuple, un martyr pèse plus qu'un héros. »

Nulle parole, me semble-t-il, ne pouvait plus justement figurer au frontispice de ces pages que je dédie respectueusement : AUX PERSÉCUTÉS DU GOUVERNEMENT DE LA TROISIÈME RÉPUBLIQUE, en haine de la foi catholique.

J. T.

LE COUVENT DES RÉDEMPTORISTES
sur le boulevard Ménilmontant.

LA

PERSÉCUTION RELIGIEUSE

SOUS

LA TROISIÈME RÉPUBLIQUE

Les PP. Rédemptoristes de Ménilmontant

I

LE COUVENT DES PP. RÉDEMPTORISTES

C'est au pied de ces hauteurs désormais célèbres, toutes frémissantes encore des derniers bruits de la plus horrible des guerres intestines, et sur la demande d'un prêtre au zèle ardent, alors vicaire à Saint-Ambroise, et mort, depuis, recteur de l'Institut catholique de Paris, Mgr Maurice Lesage d'Hauteroche d'Hulst, que les fils de saint Alphonse de Liguori, membres de la Congrégation du Très-Saint-Rédempteur, s'établirent en l'année mil huit cent soixante-quatorze.

Le quartier était pauvre, et ravagé, depuis longtemps, par les excitations malsaines des politiciens de la démocratie révolutionnaire ; les misères matérielles et morales étaient innombrables, la moisson était abondante : les missionnaires de Dieu se mirent à l'œuvre. Et bientôt, le couvent de modeste apparence qui s'élevait au n° 55 du boulevard de Ménilmontant devint le centre d'une vie nouvelle, plus souriante aux déshérités de ce monde, plus douce aux vaincus de l'existence terrestre.

Heureuse et paisible histoire que celle des débuts de ce couvent, mais qui fut courte comme tous les beaux rêves d'ici-bas.

Un instant vaincues, en effet, par la leçon terrible des événements, les passions politiques qui n'avaient point désarmé, déjà se relevaient menaçantes, à mesure que s'estompait, dans le lointain, l'effrayant souvenir de l'Invasion.

Après bien des luttes et bien des résistances, le vaillant soldat qui avait refusé de sanctionner le sacrifice des meilleurs généraux de l'armée française, venait de « se démettre » plutôt que de « se soumettre ».

La Révolution, triomphante désormais, allait se donner libre carrière, et, le 29 mars 1880, le président de la République, apposant sa signature au bas des décrets de proscription, ordonnait la mise hors la loi, sur tout le territoire de France, des moines et des Religieux.

Le 5 novembre, à l'aube du jour, après en avoir reçu l'ordre du préfet de police Andrieux, les commissaires de police instrumentaient contre les couvents de la capitale. Deux d'entre eux, — il faut que l'histoire retienne leurs noms : MM. Robert de Chauvigny, du quartier de Saint-Avoye, et Baron, du quartier de la Roquette, — se présentaient à 6 heures, au couvent du boulevard de Ménilmontant.

Il n'entre point dans le cadre de cet ouvrage de retracer par le détail la scène de ces expulsions brutales. Il nous suffira de rappeler ici la brusque invasion de la chapelle par les commissaires du gouvernement qui, sans respect pour le Saint-Sacrifice qui s'achevait alors, firent, à trois reprises, retentir les voûtes du sanctuaire de leur odieuse sommation : « Sortez, au nom de la loi » ; puis l'expulsion elle-même, les femmes et les enfants violemment arrachés de la chapelle ; le crochetage du couvent, les portes enfoncées ; les propriétaires chassés de chez eux comme de vulgaires malfaiteurs ; enfin, la profanation suprême : la chapelle mise sous scellés et le Saint-Sacrement enlevé à la hâte pour éviter une profanation plus grande encore.

Telle fut, à Ménilmontant, la journée du 5 novembre 1880. La violence, mise au service du droit du plus fort, devenait désormais la règle et le principe du gouvernement de la République.

Et tel était aussi l'odieux de ces mesures brutales, qu'elles ne privaient pas seulement des secours religieux une population ouvrière éloignée de tout centre paroissial ; elles frappaient encore, en plein cœur, les œuvres florissantes de ces Alsaciens-Lorrains qui, « ayant quitté leurs foyers pour rester Français, se voyaient arracher, dans la capitale de la France, ce coin de terre où ils aimaient à retrouver les plus vivants souvenirs de la patrie absente, leurs prêtres, leur langue maternelle, les chants et les prières de l'enfance, toutes ces joies de la religion si chères aux cœurs des exilés »...

Une domination échafaudée sur un semblable coup de force, semblait devoir définitivement triompher. Et, cependant, ce triomphe portait, avec lui, le germe de son déclin fatal.

« Ce que j'admire le plus, avait dit Napoléon Ier, c'est l'impuissance de la force à fonder quelque chose. »

L'homme qui, sous son épée victorieuse, avait courbé la vieille Europe, et qui avait vu, un jour, crouler en un instant un pouvoir uniquement établi sur le droit de la force, avait qualité pour s'exprimer ainsi.

La couronne était tombée du front du soldat corse qui l'avait usurpée par la violence : le coup de force des exécuteurs des basses œuvres républicaines ne devait être, à Ménilmontant, que le nuage noir des mauvais jours d'orage, avant-coureur, il est vrai, de la tempête dévastatrice.

Peu de temps après ces expulsions violentes, les Religieux avaient, à nouveau, repris leur ministère, et quatre années s'étaient à peine écoulées depuis le sacrilège du 5 novembre 1880, que les odieux cachets rouges tombaient, à leur tour, des portes de la chapelle, rendue enfin à la piété des fidèles.

Dès lors, et, malgré les continuelles tracasseries administratives et gouvernementales, ce centre de vie continua à rayonner, autour de lui, sa généreuse influence et sa bienfaisante action.

Les foules affluèrent vers ce sanctuaire, transformé, en 1896, en une magnifique chapelle, construite dans le style du XIIIe siècle par un Frère Servant de la Congrégation.

Et vaincu, à son tour, par l'évidence de ces merveilleux résultats, le commissaire de police de la Roquette assura lui-même que le couvent des Rédemptoristes et ses habitants valaient, pour le quartier, plusieurs escouades d'agents de police.

Voilà les hommes et les œuvres sur qui allaient, cependant, s'appesantir toutes les rigueurs de la loi, toutes les illégalités du pouvoir.

II

LA LOI DU 1er JUILLET 1901

Le gouvernement de la République avait compris à merveille la cause de l'échec des brutalités policières de 1880, et, profitant habilement des leçons de l'expérience, il avait pris, pour atteindre plus sûrement son but, le système des « moyens détournés » qu'il avait recueilli de Gambetta.

La manœuvre était savante : elle donna les résultats espérés.

Après vingt années d'une accalmie, toute de surface, durant lesquelles l'œuvre de démoralisation s'était poursuivie avec une persévérante ardeur, hypocrite toujours, sous le masque apparent d'un modérantisme de parade, la France catholique se réveilla, soudain, en pleine crise religieuse.

Le « bloc », — dénomination nouvelle, mais particulièrement significative, qu'avaient prise les groupes de Gauche de nos assemblées parlementaires, — s'était donné pour programme unique l'écrasement définitif, au nom de la « défense républicaine », des deux ennemies toujours debout : « la Réaction » et « la Congrégation ».

La « réaction » était vaincue : le bloc le croyait, du moins.

La « Congrégation », on allait l'exterminer, non plus brutalement par la violence et par la force, mais, sûrement, méthodiquement, par les moyens *légaux*.

Car le bloc connaissait, à ne pas s'y méprendre, l'état d'esprit de ses adversaires.

Il savait que le seul nom de la « loi » avait sur ces derniers une puissance souveraine, un pouvoir indiscuté ; il savait qu'un siècle de révolution ne passe pas impunément sur l'esprit d'un peuple qui, pour avoir mésappris l'exacte notion de ses traditions historiques, n'a plus la claire vision de ses devoirs et de ses droits, et ne sait plus, aux prescriptions tyranniques d'une loi d'oppression, opposer le *veto* de la conscience indignée, qu'avait cependant formulé l'antiquité païenne elle-même : « Votre loi, je ne la connais pas ; et j'en appelle à ces lois non écrites que personne ne peut effacer. »

De cette loi, qui devait avoir définitivement

LA CHAPELLE DU COUVENT DES RÉDEMPTORISTES.
Vue extérieure.

raison de la « Congrégation », le bloc confia la rédaction à un légiste consommé, avocat retors et jurisconsulte habile qui, connaissant mieux qu'homme du monde les dédales de la procédure, allait enfermer les moines rebelles dans une véritable « loi d'airain » au moyen de laquelle se réaliserait enfin le programme autrefois tracé par l'un des fondateurs du régime, le génois Gambetta : « Extirper la lèpre dévorante du catholicisme. »

La loi sur la liberté des associations fut donc soumise aux délibérations du Parlement.

Toutes les précautions, d'ailleurs, étaient habilement prises : le gouvernement d'alors avait paré à toutes les éventualités.

Au pays qui réclamait sans cesse cette liberté des associations dont il était privé depuis les premiers jours de la Révolution, on donnait enfin satisfaction, dans une très large mesure, par cette loi qui pourrait, à merveille, se résumer ainsi :

Article premier : Toutes les associations de personnes pourront se former librement.

Article second : Seules, les associations religieuses seront soumises à des formalités tyranniques et arbitraires qui rendront le gouvernement maître absolu de les autoriser ou de les dissoudre suivant les caprices et les fantaisies de son bon plaisir.

Les défenseurs éloquents ne manquèrent certes pas, durant le cours des débats parlementaires, aux congrégations religieuses, ainsi menacées.

Ce fut peine perdue, il est à peine besoin de l'ajouter.

« Les catholiques ne sont pas des citoyens comme les autres », avait dit autrefois Goblet, l'un des ministres de la République.

« On ne discute pas avec ses adversaires : on les supprime », avait, de son côté, déclaré Madier de Montjau.

La loi contre la liberté des associations religieuses fut donc votée.

Et, le 1er juillet 1901, le lendemain du jour où le Sénat, dans une séance de nuit, avait ratifié l'œuvre de la Chambre, la loi scélérate, revêtue de la signature du président de la République, paraissait au *Journal officiel* de la République française.

Le but était atteint.

Quelques mois après, satisfait de la besogne accomplie, l'homme qui venait de parachever cette œuvre abominable dont lui seul, peut-être, avait mesuré toute la portée, se retirait ostensiblement du pouvoir, passant la main à un comparse, habilement choisi.

Si bas que l'on soit tombé dans l'oubli de toute morale et de toute justice, il est, cependant, des besognes qui répugnent à la nature humaine et pour lesquelles il est besoin de toute l'inconscience stupide et brutale du renégat aveuglé par sa haine.

Combes était devenu nécessaire !

III

LES DEMANDES D'AUTORISATIONS DEVANT LES CHAMBRES

Le Rejet en bloc

Deux tendances s'étaient manifestées, dès le premier jour, parmi les grands Ordres religieux que venait d'atteindre la loi d'exception, forgée par les artisans stupides des loges, sous l'inspiration des synagogues.

Les uns, soit parce que, dans un reste d'illusion tenace, ils voulurent croire encore à un revirement possible d'opinion dans les masses électorales, soit parce qu'ils ne crurent pas pouvoir abandonner ces œuvres, cimentées de leurs sueurs, sans avoir tenté l'impossible pour les sauver d'une ruine inévitable, consentirent à se soumettre aux exigences draconiennes du législateur; les autres, répondant, immédiatement, par un *Non possumus* irréductible, préférèrent, suivant une parole d'une justesse profonde, « à la servitude chez eux, la liberté en exil ».

La Congrégation du Très-Saint-Rédempteur, se rangeant à la première opinion, adressa au ministère de l'Intérieur une demande régulière d'autorisation.

On sait ce qu'il en advint, et comment le gouvernement de la République, effrayé, à son tour, à la pensée des débats interminables auxquels pourrait donner lieu la discussion particulière de toutes les demandes en autorisation, décréta l'exécution en masse et sans examen, sans que les défenseurs des victimes condamnées à l'avance aient eu la possibilité d'exposer une défense qui eût pu, sinon dans le Parlement, tout au moins dans le pays, éclairer enfin les consciences honnêtes et les secouer de leur léthargie coupable.

Le 25 mars 1903, en refusant, à la demande du gouvernement, de passer à la discussion des articles des projets de loi portant autorisation pour les congrégations prédicantes, la Chambre exécutait sommairement vingt-huit congrégations.

C'était la seconde charrette de proscrits ; elle comprenait les :

Rédemptoristes ;
Capucins ;
Prémontrés de France ;

Frères Prêcheurs Dominicains ;
Passionnistes français ;
Pères du Sacré-Cœur de Picpus ;
Oblats de Saint-François-de-Sales ;
Pères de Saint-François-d'Assise d'Ambialet ;
Franciscains ;
Pères du Très-Saint-Sacrement ;
Chanoines de Latran ;
Pères de la Retraite de Vabres ;
Oblats de Marie-Immaculée ;
Bénédictins de la Pierre-qui-Vire ;
Missionnaires de Garaison ;
Pères de Saint-François-de-Sales d'Annecy;
Missionnaires de Sainte-Garde ;
Oblats de la Vierge-Marie ;
Chanoines de l'Immaculée Conception ;
Pères de l'Oratoire de Saint-Philippe de Néri ;
Missionnaires de la Miséricorde, dits de France ;
Barnabites de Gien ;
Barnabites de Paris ;
Passionnistes anglais ;
Pères du Calvaire de Toulouse ;
Carmes de Laghet.

Les RR. PP. Rédemptoristes, qui, depuis

longtemps, se dévouaient, avec un succès digne de leur zèle apostolique, aux missions populaires, n'avaient pas le droit de prétendre à un traitement de faveur.

Au couvent du boulevard Ménilmontant, on reçut la nouvelle avec tristesse, mais sans crainte comme sans émoi.

Les religieux ne sont-ils pas les disciples du Crucifié du Golgotha, qui leur a dit : « Ayez confiance, car j'ai vaincu le monde ! »

IV

LA JUSTICE INSTRUMENTE

L'ordre de dispersion

Quinze jours s'étaient à peine écoulés depuis que la Chambre avait perpétré son forfait, et, déjà, le gouvernement prenait l'offensive contre les victimes que l'inconscience parlementaire venait de jeter en pâture à sa haine antireligieuse, toujours inassouvie.

Le 11 avril, en effet, le commissaire de police du onzième arrondissement se présentait au couvent, et notifiait aux Religieux, avec l'arrêté de dissolution, le délai de quinze jours qui leur était accordé pour se disperser.

Les Pères Rédemptoristes répondirent par un refus formel aux injonctions du mandataire gouvernemental.

Forts des droits imprescriptibles de leurs consciences, assurés qu'aucune loi humaine ne saurait prévaloir contre la loi divine, aux sommations des puissances séculières leur déniant le droit de vivre conformément aux lois de l'Eglise et aux préceptes évangéliques, les missionnaires de Dieu opposèrent l'affirmation solennelle de ces droits supérieurs aux caprices éphémères de législateurs qui, demain, ne seront plus.

Ainsi purent le comprendre, non sans une émotion réelle, ces quinze cents pèlerins, hommes du peuple pour la plupart. auxquels il fut donné de voir, le dimanche 19 avril, les Religieux, frappés hier, aujourd'hui, agenouillés sur les dalles de pierre de leur église, renouveler solennellement entre les mains de leur Père Recteur leurs vœux de Religion et leurs promesses sacerdotales.

Préparés, désormais, à la lutte sans merci, dans laquelle, — ils le savent bien, — l'une des deux parties doit, nécessairement, succomber, les RR. PP. Rédemptoristes, qui s'étaient mis, résolument et de propos délibéré, en opposition formelle avec la légalité du jour, attendirent les événements.

L'attente ne fut pas de longue durée.

Le jeudi 23 avril, le juge de paix du onzième arrondissement se rendait au couvent apposer sur l'immeuble des Religieux les scellés administratifs, conformément à l'ordonnance rendue le 4 avril par le président du tribunal de la Seine.

C'était le premier acte de la liquidation, ou, plus exactement, de la spoliation.

Les Religieux se devaient à eux-mêmes de ne pas supporter sans protestation une illégalité aussi flagrante.

Le R. P. Béthune, l'un des propriétaires, le fit dans la déclaration que l'on va lire, aussi digne dans la forme, que fortement motivée en droit :

« Le soussigné, tout en rendant justice aux procédés courtois de M. le juge de paix ;

« Attendu que l'ordonnance rendue par M. le juge des référés s'appuie sur un faux supposé ;

« Attendu que, même d'après l'article 18 de la loi du 1er juillet 1901, les congrégations existantes de fait « ont le droit de subsister « tant que l'autorisation régulièrement solli- « citéepar elles n'aura pas été refusée » ;

« Attendu que la notification de refus émanée du président du Conseil viole manifestement le règlement d'administration publique annexé à la loi de 1901 et portant que le rejet de la demande d'autorisation doit émaner du Parlement ;

« Attendu que le refus fait en bloc, contrairement à l'avis primitif du Conseil d'Etat, et sans qu'aucune des causes des religieux ait été examinée d'une façon distincte ni par l'une ni par l'autre des deux Chambres, est absolument contraire à toutes les traditions parlementaires et judiciaires ; qu'il heurte formellement notre Code civil en son article 5 du titre préliminaire : « Il est défendu aux juges de prononcer par « voie de dispositions générales, sur les causes « qui leur sont soumises » ;

« Attendu que, conséquemment, et son droit de religieux et son droit de propriétaire demeurent intangibles ;

« Attendu que, par suite, toute liquidation devient radicalement nulle et de nul effet ;

« Pour ces motifs :

« Proteste de toute l'énergie de son âme de prêtre et de religieux contre une visite domiciliaire qui viole ouvertement ses droits de propriétaire, et par laquelle on l'assimile aux voleurs et aux banqueroutiers, et, au défaut de la justice actuelle de la France, en appelle au tribunal de Jésus-Christ.

« Paris, 23 avril 1903. »

Dès lors, les événements vont se poursuivre avec rapidité.

Le 28 avril, le commissaire de police vint, à son tour, constater, officiellement, que les Religieux, malgré l'avertissement qui leur avait été donné, persistaient à vouloir demeurer chez eux, dans un immeuble leur appartenant en propre!

Rendons ici justice, à chacun, selon ses œuvres. L'officier de police judiciaire, qui accomplissait une pareille besogne, garda, durant toute sa mission, une réserve et une correction parfaites.

Le fait est assez rare pour mériter d'être signalé.

Procès-verbal fut donc dressé : il constatait la rébellion à la loi!

Et cependant, sans nul doute, le procès-verbal eût pu constater, avec beaucoup plus de justesse, l'usurpation de l'appareil législatif, mis au service de la violation du domicile et du droit de propriété, de la négation la plus arbitraire de la liberté de la personnalité humaine, de la destruction, en un mot, de toutes ces conquêtes fameuses que les siècles nouveaux avaient prétendu instaurer sur les ruines des régimes disparus.

En vérité, à toutes ces révolutions successives, qu'y ont donc gagné le pays et le peuple de France, si ce n'est de jouir un peu moins de ces libertés multiples qui firent, pendant des siècles, partie intégrante, la base même de leur constitution nationale ?

Ainsi, d'ailleurs, le fit très justement observer le R. P. George, recteur du couvent, dans une protestation vigoureuse, dont il exigea l'insertion au procès-verbal, après en avoir donné lecture au commissaire de police.

Pourrions-nous mieux faire que de la reproduire ici, dans son texte :

« Ayant le devoir de protester, en mon nom et au nom de mes confrères, contre les mesures dont nous sommes l'objet, nous nous bornons à constater les faits qui suivent :

« Premier fait : En ce moment, nous, Religieux, prêtres, citoyens français, hommes d'honneur et de devoir, nous sommes, dans notre maison, cernés, surveillés, filés par la police, comme ne le sont point les pires malfaiteurs.

« Où est, dans cette odieuse procédure, le respect de l'article 9 de la Déclaration des Droits de l'Homme qui dit :

« *Tout homme, étant présumé innocent jusqu'à ce qu'il ait été déclaré coupable, toute rigueur qui ne serait pas nécessaire pour s'assurer de sa personne, doit être sévèrement réprimée par la loi* » ?

« Deuxième fait : Un liquidateur, armé d'un mandat contestable, s'empare de notre immeuble, inventorie et met sous scellés nos meubles : chaises, tables, livres et jusqu'à notre pauvre couche de paille. Tout sera vendu.

« Nous sommes en réalité dépossédés de nos biens, et cependant nous ne sommes ni des voleurs, ni des faillis. Cette opération, ils l'appellent LIQUIDATION ; son vrai nom est : CONFISCATION, SPOLIATION, VOL LÉGAL.

« Que veut dire l'article 17 de la Déclaration des Droits de l'Homme, ainsi conçu :

« *La propriété étant un droit inviolable et sacré, nul ne peut en être privé si ce n'est lorsque la nécessité publique, légalement constatée, l'exige évidemment et sous la condition d'une juste et préalable indemnité* » ?

« TROISIÈME FAIT : Un magistrat, investi de la noble mission de faire respecter la loi, de réprimer les délits, d'arrêter les voleurs, les assassins, les criminels et les bandits, pénètre de force chez nous, et nous signifie d'avoir à quitter, dans un délai de quinze jours, notre demeure, sans nous en assurer une autre.

« En nous jetant ainsi sur la rue, sans abri, sans ressources et sans moyens d'existence, il nous force à commettre le délit de vagabondage. Si nous n'obéissons pas à cette dure injonction, nous sommes traduits devant les tribunaux, passibles d'amende ou de prison.

« Que nous reproche-t-il ?

« Nous le mettons au défi de nous signaler une seule contravention prévue par nos Codes. Nous payons les impôts et même de doubles impôts ; nous ne faisons rien qui nuise à la société : nous ne cherchons qu'à soulager les misères des petits, des pauvres, des ouvriers, des abandonnés, au milieu desquels nous vivons et pour lesquels nous avons tout sacrifié !

« Notre crime unique consiste à être **Religieux**, c'est-à-dire : à vivre ensemble pour mieux aimer Dieu et le prochain ; car c'est bien là le crime dont on prétend nous charger ; mais alors, que devient ce premier article du Concordat : « *La Religion catholique, apostolique et romaine sera librement exercée en France* » ; et que signifie l'article 10 de la Déclaration des Droits de l'homme :

« *Nul ne doit être inquiété pour ses opinions, même religieuses* » ?

« QUATRIÈME FAIT : On nous traite de *rebelles à la loi.*

« NOUS LE NIONS FORMELLEMENT.

« Et d'abord, nul législateur, digne de ce nom, ne peut édicter des ordonnances contraires à la justice, à la vertu, à la vraie liberté, au droit naturel. Les articles 4 et 5 de la Déclaration des Droits de l'homme ne le proclament-ils pas? « *La liberté*, y est-il dit, *consiste à pouvoir faire tout ce qui ne nuit pas à autrui.* » « *La loi n'a le droit de défendre que les actions nuisibles à la société.* »

« Donc, il n'y a pas de loi contre le droit.

« Quant à la loi du 1er juillet 1901, qui semblait nous offrir l'autorisation, moyennant certaines conditions, nous l'avons acceptée de bonne foi. Conformément à son texte et aux arrêtés du 1er juillet et du 16 août 1901, nous avons présenté au gouvernement une demande en règle.

« Une loi, discutée et votée par les deux Chambres, devait nous répondre. Le vote du 24 mars 1903, rejetant en bloc nos requêtes, sans les soumettre à l'examen, n'est pas une loi. Ce vote en est la violation; il n'est qu'un acte de passion antireligieuse : en ne l'acceptant pas, loin d'être des révoltés, nous demandons qu'on observe la lettre et l'esprit de la loi.

« Cinquième fait : Bientôt, demain peut-être, nous serons mis dans l'impossibilité absolue d'exercer notre saint ministère, de prêcher, de confesser et de catéchiser. Les Frères et les Sœurs ne pourront plus, au mépris des droits les plus sacrés des parents, ni instruire l'enfance, ni diriger la jeunesse.

« Que de catastrophes morales vont s'accumuler !

« Et pourtant l'article 11 de la Déclaration nous assure à tous les droits suivants :

« *La libre communication des pensées et des* « *opinions est un des droits les plus précieux de* « *l'homme ; tout citoyen peut parler, écrire,* « *imprimer librement, sauf à répondre de l'abus* « *de cette liberté.* »

« Tels sont les faits, et ils se passent en France, sous la République, qui, en se substituant aux anciens régimes, nous promettait une ère nouvelle d'union, de paix, de bonheur et de liberté !

« Hélas ! que nous en sommes loin !

« En constatant l'ostracisme qui nous frappe et le déni de justice dont nous sommes victimes, nous affirmons hautement que, contre nous, on viole toutes les lois, on foule aux pieds tous les droits !

« Ainsi se prépare la ruine du pays, puisque *toute société, dans laquelle la garantie des droits n'est pas assurée, n'a point de constitution* (art.

16), *et que le mépris de ces droits est la grande cause des malheurs publics.* (Déclaration.)

« Ainsi, on attire sur la patrie les malédictions de Dieu. Malheur à ceux qui en sont responsables !

« Quant à nous, nous remplissons un devoir : Français, nous n'abdiquons pas, nous voulons « *être libres et égaux en droits* (art. 1), « et nous réclamons *la conservation des droits* « *naturels et imprescriptibles de l'homme, qui* « *sont* : LA LIBERTÉ, LA PROPRIÉTÉ, LA SURETÉ ET « LA RÉSISTANCE A L'OPPRESSION (art. 2). »

« Si on nous enlève violemment les trois premiers de ces droits, il ne nous restera plus, comme suprême ressource, que le dernier : la résistance à l'oppression.

« Nous sommes résolus de le revendiquer et d'en user jusqu'au bout !

« Et si la justice humaine refuse de nous entendre, tout en pardonnant à ceux qui nous tyrannisent sans motif, nous en appelons, dès maintenant, à l'indignation des cœurs honnêtes, à l'impartiale sévérité de l'histoire et à l'inéluctable justice de Dieu.

« A. GEORGE,

« Recteur des Pères Rédemptoristes.

« *Paris, le 28 avril 1903.* »

V

LE GOUVERNEMENT PREND L'OFFENSIVE

Le 28 avril 1903, une existence nouvelle avait commencé pour les Rédemptoristes du couvent de Ménilmontant, existence incertaine et précaire, toute de surprises et d'imprévu.

La justice humaine informait, et la magistrature française, descendue définitivement de ces hauteurs où l'avait placée la gloire des siècles, se préparait, honteusement, à ce nouveau service qu'on sollicitait de sa complaisance coupable. Peu soucieux des jugements des hommes, les religieux, durant ce temps, assuraient à ces œuvres qu'ils avaient fondées, qu'ils avaient vu grandir et prospérer, l'avenir qu'avait rêvé leur zèle ardent d'apôtres.

Frappés par la loi du 1er juillet 1901, c'est à cette même loi qu'ils firent appel pour confier à une société civile la garde de ces œuvres florissantes.

Et ainsi se trouva fondée « la Charitable Providence », qui devait, elle aussi, avoir rapidement son histoire.

Deux mois après sa fondation, en effet, la Charitable Providence tenait ses solennelles assises dans l'ancienne chapelle provisoire du couvent.

C'était en même temps qu'un adieu ému et reconnaissant aux Religieux proscrits, la protestation éloquente de tout un peuple, le cri vengeur des consciences indignées.

Et la synthèse de toutes les opinions, confondues ce jour-là dans un même sentiment, se faisait, à merveille, par l'énumération des orateurs qui devaient se faire l'écho des consciences populaires.

Etait-il, en effet, rien de plus significatif que la juxtaposition des éléments divers de cette imposante assemblée qui, partant des royalistes les plus nettement avoués, que représentait M. le comte Henry de Larègle, et passant par les nuances intermédiaires indiquées par l'amiral de Cuverville et M. François Coppée, allaient, enfin, se perdre avec M. Marc Sangnier dans les sables mouvants de la démocratie chrétienne.

Et qui, cependant, l'aurait pu concevoir? Quatre mois ne s'étaient pas écoulés, que le liquidateur des biens de la Congrégation du T.-S.-Rédempteur, assignant, devant le juge des référés du tribunal de la Seine, M. Nicolle-

LA CHAPELLE DU COUVENT DES RÉDEMPTORISTES.
Vue intérieure.

Malpas, le président de « la Charitable Providence », allait échafauder toutes ses prétentions sur l'organisation de cette réunion, dans les immeubles dont il prétendait s'emparer.

Et cela pour prouver, en dernière analyse, qu'entre les mains de leurs détenteurs, ces immeubles se détérioraient !

Notons ce trait pour l'impartiale histoire : il sera d'un précieux secours pour les historiens de notre décadence.

Quelques jours d'accalmie avaient succédé à la première appréhension du début : ils furent de bien courte durée.

Nous sommes au mardi 23 juin. Pendant que le soleil d'été resplendissait déjà, radieux, sur la capitale encore endormie, le commissaire de police du quartier de la Roquette, dès les premières minutes de l'heure légale, se présente au couvent de Ménilmontant.

Le R. P. George, recteur du couvent, arrive aussitôt, car le commissaire l'a fait demander.

Celui-ci s'excuse ; mais les ordres reçus sont formels, il lui faut immédiatement apposer les scellés sur la chapelle : la République doit rester fidèle à sa tradition, elle se souvient de 1880.

Sur l'ordre de l'officier de police, les cierges

sont éteints qui, déjà, étaient allumés pour la célébration du saint Sacrifice, les fidèles expulsés, les autels dépouillés, les saintes Espèces transportées à l'oratoire privé de la communauté, pendant que sur le sanctuaire profané les portes se referment, et que l'on appose les scellés, irrécusables témoins de l'iniquité qui vient de s'accomplir.

Est-ce simple coïncidence ? N'est-ce pas plutôt, par une permission spéciale de la Providence, une manifestation nouvelle de ses desseins impénétrables ?

La fête patronale de la chapelle, désormais fermée,venait de se célébrer l'avant-veille, et, chaque jour, se continuaient les offices de l'Octave solennelle.

Peut-être les habitués du couvent, frappés d'une déception amère, allaient-ils concevoir quelque découragement ?

Mais le zèle inlassable du Père Recteur a bientôt ramené le calme et la sérénité dans tous les cœurs.

On lui prend son église, c'est vrai ; mais on lui laisse encore sa maison. C'est donc là que, jusqu'à l'iniquité prochaine qui déjà s'annonce, menaçante, les fidèles viendront, pieusement, accomplir leurs devoirs de chrétiens.

Et, dans le cloître du couvent, un autel se dresse ; les confessionnaux sont rangés le long des murs, les chaises et les prie-Dieu reprennent leurs places naturelles : la foule peut venir se prosterner et prier.

Elle y viendra nombreuse et empressée.

« Le sang des martyrs est une semence », disaient les chrétiens de la primitive Eglise.

Les coups de la persécution ne sont-ils pas, pour les catholiques de nos jours, l'avertissement salutaire qui doit réveiller les courages endormis ?

VI

LES SCELLÉS BRISÉS

L'Octave de Notre-Dame du Perpétuel secours se poursuivait au milieu d'un grand concours de peuple.

Et, devant la grille de la chapelle fermée, c'était toujours le même empressement pieux.

Une image de Notre-Dame du Perpétuel Secours a surmonté la grille; des cierges sont allumés; aux barreaux, des mains pieuses ont accroché des roses artificielles dont l'agencement donne l'invocation *Ave Maria* ; et les scellés eux-mêmes ont disparu derrière une banderole d'étoffe rouge portant cette inscription : « Bienheureux ceux qui souffrent persécution pour la justice, parce que le royaume des cieux leur appartient. »

Un jour, cependant, dans la foule assemblée, la colère l'emporta sur la résignation.

Le jeudi 25 juin, la cérémonie du soir venait de se terminer.

Les Religieux avaient regagné leurs cellules;

un groupe de cent cinquante hommes environ restait seul dans la petite cour sur laquelle ouvrait la chapelle.

Silencieux, que faisaient donc ces hommes ?

Personne, peut-être, n'eût pu le dire si leurs regards, obstinément fixés sur la grille, obscure dans la nuit noire, n'avaient trahi leurs sentiments intimes.

Et de cette foule une voix s'élève soudain, sombre mais résolue : « Aux scellés ! »

Alors, comme mû par une force invincible, le groupe compact se précipite sur la grille.

L'énorme masse de fer se balance un instant sur elle-même ; elle résiste d'abord ; mais elle cède bientôt, sous la poussée, toujours plus forte.

Les scellés rompus sont foulés aux pieds; la foule se précipite frémissante dans la chapelle qu'elle a enfin reconquise par la force, et à genoux, sur les dalles de pierres, les protestataires, d'un même chœur, chantent le *Magnificat*.

Mais il faut aviser. Le lendemain, dès la première heure, le commissaire de police, averti, viendra remettre les scellés: le laissera-t-on faire sans protester?

« Non, non ! » crie la foule.

C'est bien. Cinq hommes de cœur se dévouent. Ils vont s'enfermer dans la chapelle, ils y passeront la nuit ; demain, lorsque viendra le commissaire, il lui faudra d'abord procéder à des expulsions violentes, avant que d'accomplir sa honteuse besogne.

Et le lendemain, après de minutieuses recherches, pour arriver à découvrir l'accès de la chapelle barricadée, le commissaire de police qui, pendant plus d'une heure, avait inspecté la chapelle et ses dépendances sans apercevoir ceux qu'il cherchait, mit en état d'arrestation MM. Paul Jaume, Henri Freisz, Edmond Couronne, Alphonse Lenoir et André Ludmann, qui, du haut d'une tribune, suivaient, non sans une curiosité maligne, les pérégrinations du représentant de la loi.

Arrêtés le matin du 26 juin, à huit heures, transférés au Dépôt à midi, fouillés et traités comme de vulgaires malfaiteurs, sommairement interrogés dans le cours de l'après-midi par le substitut de service, les prisonniers comparaissaient le lendemain devant la onzième chambre correctionnelle, à l'audience des flagrants délits.

Exécuter à la hâte et sans leur laisser le temps de présenter leur défense, ceux qui avaient eu le courage de protester contre ses actes arbitraires : tel était le secret désir du gouvernement.

Mais la vigilance des défenseurs des accusés allait déjouer tous ces calculs.

Me Eugène Godefroy, présent à l'audience, prit la parole.

Il rappela que la loi donne à tout accusé trois jours francs pour préparer sa défense, et, déposant des conclusions dans ce sens, insista pour obtenir du tribunal la mise en liberté provisoire des prévenus.

Le substitut Wattines, qui soutenait la prévention, voyait ainsi sa proie lui échapper. Mais devant la loi formelle, il dut s'incliner.

A son tour, il déclara au tribunal qu'il s'opposait à la mise en liberté de Jaume, s'en rapportant pour les autres à la décision des juges.

Ceux-ci remirent l'affaire au mardi suivant, sans statuer sur la demande de mise en liberté.

Et c'est ainsi que, toujours en état de détention, les cinq défenseurs des libertés religieuses reparurent devant la onzième chambre le 30 juin 1902.

Si bref, cependant, qu'avait été le délai, si rapidement que la justice républicaine ait voulu mener l'affaire, cette fois la défense était prête.

Me Horace de Chatillon, qu'assistait Me Joseph Thirion, se présenta pour Jaume; Me Thierry de la Loge d'Ausson avait assumé la défense des quatre autres inculpés.

Jaume était le plus compromis, et cela se comprenait sans peine. N'avait-on pas trouvé sur lui, lors de son arrestation, des imprimés politiques, convocations à des réunions royalistes dans lesquelles son nom figurait sur la liste des orateurs!

Ne fallait-il pas, dès lors, sévir rigoureusement contre ce conspirateur dangereux ?

Ainsi l'avait compris le substitut Wattines, lorsque, déjà, à l'audience du samedi précédent, il avait dirigé sur Jaume les foudres de ses réquisitions.

« Ils ont voulu les palmes du martyre, déclara-t-il emphatiquement ; ne les faisons pas attendre. »

Heureusement, pour les accusés, les plaidoiries de leurs défenseurs furent plus éloquentes, plus chaleureuses, plus persuasives que les phrases prétentieuses et toutes de commande de l'avocat de la République.

Le tribunal mit les cinq inculpés à l'ordre

PRÉDICATION A LA PORTE DE LA CHAPELLE
après la pose des scellés.

du jour de la grande armée des défenseurs du droit en condamnant Jaume à quinze jours de prison et en infligeant à ses coinculpés huit jours de la même peine.

C'était un service de plus au compte de la magistrature « épurée ».

VII

DEVANT LA JUSTICE DES HOMMES

L'instruction judiciaire ouverte contre les Religieux de la Congrégation du Très-Saint-Rédempteur touchait à sa fin.

Les fils de saint Alphonse allaient bientôt s'asseoir sur ces bancs de la correctionnelle où, chaque jour, arrivent échouer, pêle-mêle, les faussaires et les escrocs !

L'Evangile ne dit-il pas que le serviteur ne peut être mieux traité que le Maître ?

Mais l'attente était calme au couvent du boulevard Ménilmontant.

Les fidèles, également réconfortés par l'épreuve, venaient toujours en foule dans la petite chapelle, habilement ménagée dans le cloître. Le dimanche 28 juin, ils avaient assisté pieusement à cette cérémonie superbe qui, favorisée par un beau et chaud soleil d'été, s'était magnifiquement déroulée sous les ombrages du parc. Et rien, durant le cours de tout ce mois de juillet, ne serait venu rappeler la persécution déchaînée, si ce n'est les bandes cachetées de rouge qui défendaient toujours l'entrée de la chapelle ; si ce n'est encore cette condamnation à six jours de prison et cinquante francs d'amende qui devait, le 7 juillet, frapper une femme courageuse autant que modeste, dont la protestation, lors de la pose des nouveaux scellés le 26 juin, constituait tout le crime, impardonnable devant la République athée.

Enfin, le 26 juillet, un officier ministériel apporta aux Religieux l'assignation à comparaître le jeudi suivant, devant la neuvième chambre du tribunal civil de la Seine, jugeant correctionnellement.

Forts de la conscience du devoir accompli, les Religieux n'étaient pas de ceux qui reculent devant les arrêts éphémères de la justice des hommes : ils comparurent.

Un juge, M. Puget, appartenant à la religion protestante, occupait le fauteuil du président !

Le substitut Lescouvé remplissait les fonctions de ministère public.

A la vérité, son réquisitoire fut très modéré, et de ton et d'allures.

Qu'aurait-il dit au surplus ?

Le délit, la violation formelle des prescriptions législatives ? Tout cela était avoué nettement par les prévenus, contre lesquels l'avocat de la République demanda timidement l'application de la loi.

Et ce fut tout. Le représentant de la puissance publique se renferma dans le silence le plus absolu, ayant donné au monde ce spectacle étrange, que l'histoire recueillera, d'un substitut s'inclinant très bas, avec respect, devant ceux que, sur sa demande, un tribunal va frapper et condamner.

Inutiles efforts de la justice humaine !

« Condamnation ! » disait-elle. « Triomphe et récompense ! » répondait, au nom de ses frères en religion, le R. P. Castelain, leur Provincial.

« Je ne viens pas plaider devant vous, déclarait-il aux juges. Les causes précédentes ont établi surabondamment, à notre avis du moins, l'illégalité des mesures qui nous frappent. Nos dévoués défenseurs eux-mêmes ne rentreront pas dans cette discussion. Qu'il me suffise de dire, en un mot, qu'en nous proscrivant en bloc et sans nous entendre, on nous a refusé la justice qu'on accorderait à une bande de malfaiteurs ; on nous a traités avec moins d'égards que les assassins de Margueritte.

« Monsieur le juge d'instruction nous a demandé pourquoi nous avons refusé d'obtempérer aux injonctions qui nous étaient faites de nous disperser. N'était-ce pas un peu intervertir les rôles ?

« A ceux qui venaient l'arrêter dans le calme de sa prière, pour le charger de chaînes, Notre-Seigneur Jésus-Christ disait : « Tous les jours j'enseignais en public dans le temple, et vous n'avez pas osé mettre la main sur moi. Pourquoi donc aujourd'hui m'arrêtez-vous comme un criminel ? » A son exemple, nous pouvons dire à ceux qui nous poursuivent : « Pourquoi nous amenez-vous ici au banc des accusés ? Notre vie cependant s'est passée au grand jour. Dans les villes et dans les campagnes, nous avons parlé en public et à la grande lumière ; et, bien que souvent se soient glissés dans l'auditoire des émissaires venus là pour nous espionner, jamais vous n'avez trouvé dans nos paroles la moindre atteinte à la vérité ou à la justice.

« Que nous reproche-t-on ? On a osé nous présenter comme des ennemis de la République. Quoi donc ! En prêchant qu'il faut être juste, chaste, charitable, courageux et fidèle à ses convictions, — et je défie bien de prouver jamais que nous ayons prêché autre chose, — en prêchant, dis-je, la justice, la chasteté, la charité, le courage et la fidélité à ses convictions, on nuit à la République ! Cette affirmation n'est-elle pas un peu cruelle pour la République ?

« Mais ce n'est là qu'un prétexte auquel ne croient même pas ceux qui l'allèguent. Ce que l'on veut détruire en nous, c'est le religieux, l'homme consacré à Dieu, l'homme voué à l'extension du règne de Dieu. Et pour y arriver, on foule aux pieds nos droits les plus sacrés.

« On viole notre droit de propriété en prétendant nous enlever nos biens acquis par notre travail, par les titres les plus légitimes, et par les contrats les plus authentiques.

« On viole notre liberté de conscience et nos droits de chrétiens, en nous interdisant de pratiquer la loi de Jésus-Christ dans toute son étendue.

« On nous refuse le droit de vivre en commun, tandis qu'on l'accorde au vice lui-même.

« Enfin, alors que nous supportons les charges communes à tous les citoyens, on veut ou nous réduire à l'exil ou nous traiter en parias dans notre pays.

« Pouvons-nous l'accepter sans protester? Profond et sincère est notre respect pour toute autorité légitime ; mais devons-nous courber le front sous ce joug humiliant ? Nous serions condamnés même par la Déclaration des Droits de l'homme qui prescrit au citoyen la résistance à l'oppression quand on le dépouille de droits imprescriptibles. Mais fussions-nous résignés à sacrifier nos propres droits, il en est d'autres que nous sommes obligés de défendre.

« Derrière nous et au-dessus de nous, il y a la France que l'on perd en la déchristianisant ; la France qu'on outrage nécessairement dès qu'on viole les droits du dernier de ses enfants.

« Derrière nous et au-dessus de nous, il y a l'Eglise de Jésus-Christ que l'on veut anéantir; on ne s'en cache plus : aujourd'hui les religieux et les religieuses, demain les prêtres séculiers, et ensuite quiconque osera se montrer chrétien.

« Derrière nous enfin et au-dessus de nous, il y a Dieu : le Dieu qui est mort sur la croix pour nous et qui a le droit de demander à certaines âmes de se vouer entièrement à son service par la pratique parfaite des conseils de l'Evangile.

« Voilà, Messieurs, les motifs vrais de notre conduite, voilà pourquoi nous avons fait appel à votre justice. Ce que nous poursuivons, c'est la défense des droits de Dieu, de l'Eglise et de la France, plus encore que la défense de nos propres droits. Et si les Religieux ne se lèvent pas pour défendre ces droits sacrés, qui donc le fera ?

« Quand on profite du sommeil d'un peuple pour le charger de fers, il est bon que pour le réveiller quelques-uns lui jettent le cri d'alarme, même au péril de leur vie.

« Nous avons agi selon nos convictions, et, nous le croyons, selon notre droit le plus rigoureux. Peut-on nous en blâmer ? peut-on nous condamner ? Toutefois, il est quelqu'un qui nous rendra justice : c'est le Dieu tout-puissant, vengeur de la vertu persécutée et de l'innocence opprimée. S'il lui plaît encore, pour la gloire de son nom, de se susciter des martyrs, — et croyez-le bien, Messieurs, le martyre le plus cruel n'est pas celui du glaive, — que Dieu en soit béni ! Après les avoir fortifiés, il les couronnera. Ce sera une page de plus à la glorieuse histoire des triomphes de son Eglise. »

UNE MESSE DANS LE JARDIN DU COUVENT
après la mise des scellés sur la chapelle.

VIII

DÉFENSE ET CONDAMNATION

Après une telle déclaration, la défense, semblait-il, devenait superflue ; tout était dit.

Et, cependant, il était nécessaire qu'une parole autorisée se fît entendre ; qu'une voix s'élevât pour indiquer clairement aux juges l'iniquité proposée et déjà consentie, pour flétrir les proscripteurs au nom du droit méconnu et de la justice outragée.

Me Duval-Arnould, qui, à l'audience, accompagnait les Religieux, sut trouver, pour s'acquitter de cette lourde tâche, les mâles accents de la plus forte éloquence.

Arrêtant, pour un instant, la condamnation déjà prête, il prit la parole en ces termes :

« Messieurs,

« J'ai l'honneur de défendre devant le tribunal correctionnel le R. P. George, supérieur, et les Rédemptoristes, Pères ou Frères, du couvent de Paris.

« Leur présence sur ces bancs ne vous étonne

pas, car vos audiences du jeudi commencent certainement à habituer vos yeux à voir, du haut de vos sièges, d'autres costumes et surtout d'autres visages que ceux que vous contemplez tous les jours.

« Ce sont des Religieux. Ce mot pourrait être tout mon plaidoyer. En effet, si, ce que je ne crois pas, vous l'ignoriez il y a quelques semaines, vous avez appris, de la bouche éloquente des avocats qui se sont succédé à la place où je parle, quelles vertus, quelles âmes, quels hommes se cachent sous la robe des moines.

« Du moins, me bornerai-je à vous dire quelle est, au milieu des différents Ordres qui comparaissent devant vous, la physionomie particulière de la congrégation que vous jugez aujourd'hui. Vous avez le droit, vous avez le devoir de connaître exactement les prévenus, et, si vous condamnez encore une fois, de savoir qui vous allez frapper. Et peut-être avez-vous éprouvé quelque difficulté matérielle à remplir ce devoir : le dossier de la prévention s'est borné, ou à peu près, à vous révéler ce dont vous vous doutiez bien un peu, qu'aucun de mes clients n'avait jusqu'ici de casier judiciaire. Peut-être avez-vous consulté le rapport de l'honorable M. Rabier à la Chambre sur les demandes en autorisation ; on dit bien que les députés en général n'ont eu garde de le lire : — ils en étaient dispensés par le procédé commode du vote en bloc ! Mais, vous, Messieurs, qui devez juger en détail, vous avez affronté ce document d'apparence considérable. Et vous avez eu une déception : M. Rabier n'en dit pas long sur les Rédemptoristes. Voici le passage :

« Le siège de cette congrégation est à Antony (Seine).

« Aux termes de leurs statuts, les Rédemptoristes forment une association de prêtres vivant en commun dans le but de travailler au salut des âmes et à la civilisation du peuple par la prédication et autres exercices spirituels. Ils étendent leur apostolat à différents pays hors d'Europe où ils sont heureux de propager l'influence. » — Quelle influence, Messieurs ? M. Rabier ne le dit pas : les statuts d'où il a extrait ces lignes portent : l'influence *française*. Je veux croire que c'est une faute d'impression malheureuse qui a fait sauter ce mot... Et je reprends ma lecture :

« Ils sont établis à Paris, 53 et 55, boulevard de Ménilmontant, où sont les œuvres suivantes :

« 1° Œuvre des Alsaciens-Lorrains ;

« 2° Œuvre des Pauvres ;

« 3° Œuvre sociale de Popincourt ;

« 4° Œuvre permanente du Christ (*sic*).

« Ils ont des établissements dans quelques départements. Ils ont des chapelles.

« Plusieurs de leurs établissements ont été fermés en 1880.

« Les Pères de la congrégation du Très-Saint-
« Rédempteur sont aussi connus sous le nom
« de Liguoriens. Ils ont été fondés par P. Al-
« phonse de Liguorie (*sic*), gentilhomme napo-
« litain, en 1696. »

« Décidément, Messieurs, M. Camille Dreyfus a bien mal corrigé les épreuves de M. Rabier : Le nom d'Alphonse de Liguori est deux fois estropié et la date est fausse : c'est celle de la naissance du fondateur. La fondation n'eut lieu, bien entendu, que plusieurs années plus tard, en 1732. Enfin, je ne sais si cela vous intéresse beaucoup de savoir qu'Alphonse de Liguori fut un gentilhomme, qualité qu'on nous révèle avec tant de soin ; mais ses disciples, plus démocrates que le rapporteur, aiment surtout à rappeler qu'Alphonse de Liguori fut un grand évêque, un grand saint, un docteur de l'Église, et, en même temps pour les profanes, un admirable philanthrope.

« Retenez aussi, Messieurs, cette date que je vous donnais : 1732. Vous le voyez, c'est un saint moderne. Je puis bien ajouter que la congrégation des Rédemptoristes est moderne aussi, par ses règles, par son esprit, par ses œuvres. Elle est admirablement adaptée aux nécessités religieuses de notre époque. De là sa rapide expansion par toute la terre. Eux aussi, comme les Pères de Picpus ou les Pères Maristes que vous avez jugés jeudi dernier, ils ont leurs missions, et des Rédemptoristes français évangélisent les Indiens de l'Amérique du Sud. Mais que vous dirais-je de ce service éminent entre tous, rendu à la civilisation chrétienne et à la grandeur de la France, qui ne vous ait déjà été dit ?

« J'aime mieux vous parler de ce qui est la vie même de la plupart des Rédemptoristes, et, en particulier, de ceux qui sont ici : les missions à l'intérienr.

« Oh ! je sais bien, Messieurs, que ces mots *missions à l'intérieur* sonnent fort mal à certaines oreilles. Et tel qui admet encore à la rigueur qu'un citoyen français aille convertir des Chinois ou des nègres, s'indigne à la seule pensée qu'on puisse aller dans les campagnes ou les faubourgs, d'église en église, prêcher l'Evangile aux paysans ou aux ouvriers.

« Car ce sont ceux que cherchent mes clients : leurs auditoires se composent des humbles et des petits de ce monde. Ils vont là où les appellent les évêques et les curés, qui prouvent en les appelant, sans cesse, combien le clergé paroissial, que d'aucuns aiment tant à poser en ennemi des congrégations, apprécie leur utile concours.

« Cela, dis-je, n'est pas du goût de tout le monde; cela notamment n'est pas du goût de tous les préfets qui nous administrent pour le moment; et si, parmi ceux qui ont été consultés par le gouvernement sur l'opportunité qu'il pourrait y avoir à autoriser les maisons des Rédemptoristes de leurs départements, il y en a eu trois qui ont donné un avis favorable. et douze qui n'ont dit ni oui ni non, je ne suis pas étonné de constater que quatre de ces hauts fonctionnaires ont donné un avis défavorable.

« M. Rabier, à l'appui du rapport que j'ai déjà cité, a reproduit en annexes des extraits des appréciations préfectorales; et la manière dont il a, pour faire ces extraits, manié les ciseaux est significative. Des avis favorables, il ne transcrit pas un mot; les préfets qui ont eu l'indépendance de les émettre sont traités par l'honorable rapporteur comme de vulgaires conseils municipaux ; et l'on sait le mépris non dissimulé que M. Rabier a pour ces assemblées modestes, issues cependant, elles aussi, du suffrage universel. Je dois dire que les conseillers municipaux qui auront lu le rapport et ses annexes se consoleront aisément de cette disgrâce : ce n'est pas sur de tels documents que la postérité assoiera ses jugements sur les hommes et les choses de notre époque.

« Le préfet de la Vendée, lui, a bien mérité de M. le rapporteur, et il a les honneurs d'un extrait :

« En réalité, y lisons-nous, ces missionnaires « sont de dangereux adversaires de la famille « et de la société. »

« Ah ! Messieurs, voilà une accusation bien imprévue, et qui dépasse singulièrement les termes de la prévention. Et les Rédemptoristes n'ont pu s'expliquer devant les Chambres, — devant la Chambre plutôt, qui a condamné sans vouloir entendre la défense : vous comprendrez qu'ils m'aient chargé d'apporter ici, contre cette odieuse imputation, leur protestation indignée.

« Hé quoi! ce sont de dangereux adversaires de la famille et de la société? Que disent-ils donc? Il est facile de le savoir : leurs conférences sont publiques. Il est exact qu'ils y parlent souvent de la famille; ils prêchent aux époux la pureté et la fécondité du mariage, aux fils le devoir d'obéissance et de piété filiale, aux pères le devoir d'éducation; à tous l'amour et le respect du foyer domestique.

« Oui encore, ils n'hésitent pas à parler de la société; ils disent qu'avant tout l'homme doit aimer les hommes; que la patrie est la famille agrandie; qu'à cette famille-là on doit aussi tous les sacrifices et jusqu'à celui de la vie; ils prêchent aux riches, s'ils en savent quelqu'un dans leur auditoire, le devoir d'assistance et de sacrifice; ils prêchent aux pauvres la résignation, — non pas la lâche résignation qui s'abandonne à la misère, mais la résignation vaillante qui maîtrise le désespoir, ranime les viriles énergies; ils prêchent le devoir du travail, à jamais glorifié par le Charpentier de Nazareth...

« Mais tout cela, Messieurs, c'est la morale de l'Evangile!... Et c'est pourquoi, je le sais bien, elle est mauvaise aux yeux d'un certain nombre de nos compatriotes. Et c'est pourquoi en face d'elle se dresse, de plus en plus bruyante, une autre morale.

« S'agit-il de la famille ? Cette autre morale vante les unions libres et stériles, réhabilite l'adultère, nie les droits du père sur l'éducation de ses enfants et libère les fils de la vieille autorité paternelle.

« Au point de vue social, cette morale nouvelle demande d'abord au pauvre de se bien pénétrer de l'injustice de son sort et de haïr les riches de toute son âme, parce que de ce sentiment exaspéré surgira l'aurore des temps nouveaux ; et si elle abolit les frontières et proclame la fraternité des peuples, c'est afin de mieux réserver toutes les forces du prolétariat pour les combats impitoyables, et, s'il le faut, sanglants de la « lutte des classes ».

« Est-ce que j'exagère, Messieurs ?

« Lisez les journaux, les affiches, écoutez les conférences des nouveaux apôtres : ils prêchent impunément, ceux-là !...

« Il n'est pas douteux qu'à leurs yeux, les Rédemptoristes ne soient que de dangereux adversaires de la famille et de la société telles qu'ils les conçoivent.

« Mais un préfet de la République appartient-il vraiment à cette école ? Devance-t-il à ce point, et son siècle, et même son chef, encore attardé parfois aux vieux errements spiritualistes?

« Vous en doutez, Messieurs, et moi aussi. J'aime mieux croire (et cependant l'hypothèse est singulièrement triste) que M. le préfet de la Vendée, qui ne peut, bien entendu, aller lui-même au sermon, a été mal renseigné par ses agents : mais il est au moins regrettable qu'il n'ait pas vérifié les rapports d'espions de cette espèce avant de faire sienne une accusation qui est une calomnie.

« Quant à la morale des Rédemptoristes, qui la connaît mieux que vous, Messieurs? Peut-être l'avez-vous — comment dirai-je? — laïcisée ; peut-être à vos yeux n'est-elle plus celle du Christ ; elle est restée celle du Code, et, ce qui vaut mieux, celle de vos consciences. Hier encore, M. l'avocat de la République trouvait des accents dignes du grand talent que j'aime tant à lui reconnaître, pour appuyer la plainte des pères de famille qui obtenaient de vous justice contre le triste écrivain qui avait osé violer les pudeurs de leurs foyers. Si bien que tous les jours, — excepté le jeudi pour quelques semaines, — vous, Messieurs, du haut de vos sièges, et les prévenus d'aujourd'hui du haut de la chaire, vous êtes des collaborateurs... Et tenez, permettez-moi ce souvenir personnel : après l'interrogatoire qui, vous le savez par le dossier, n'a pas été bien long et laissait quelque loisir au juge d'instruction, l'honorable magistrat voulut bien causer avec le défenseur et lui parler d'une institution que vous connaissez bien, de la *Maison de travail.* Il me remit une brochure sur cette œuvre, et en sortant je la prêtai à mon tour au P. George. « Lisez-la, dis-je ; je suis sûr que cela vous intéressera. » Il la prit avec défiance, — et vous l'excuserez, si je dois avouer que l'auteur n'avait pas conquis dans l'entrevue qu'ils venaient d'avoir ensemble toutes ses sympathies. Mais peu de jours après le P. George, en me rendant la brochure, s'écriait : « Mais elle est excellente, l'œuvre de M. André ! Mais nous poursuivons le même but social... Nous étions faits pour nous entendre ! »

— « Hélas ! mon Père, lui répondis-je, vous êtes faits pour vous entendre, non seulement avec le juge d'instruction, mais aussi, comme vous pouvez le voir en feuilletant à la fin du petit livre la liste alphabétique des bienfaiteurs de la Maison de Travail, avec le substitut qui va requérir contre vous, et avec le président qui va vous juger ! »

« Vous souriez, Messieurs ! Et cependant vous ne pouvez vous empêcher, j'en suis sûr, de penser avec effroi, vous, les magistrats, au vide immense que va laisser l'Evangile banni, et au fardeau de votre tâche, le jour où, décidément, ce sera un crime de prêcher la morale dont vous êtes les vengeurs.

« Un commissaire de police du 11ᵉ arrondissement — ce n'est pas, Messieurs, rassurez-vous, le titulaire actuel, celui qui les expulsera — disait un jour : « Les Pères, dans ce quartier, me sont plus utiles que toute une brigade de gardiens de la paix. »

« *Gardiens de la paix !* La comparaison est imprévue... et même flatteuse pour de prétendus adversaires de la société. Mais je me hâte de dire que, pour honorable qu'elle soit, elle n'est pas tout à fait exacte : les Rédemptoristes ne défendent pas l'ordre et la propriété par les mêmes moyens que les agents ; et d'ailleurs ce n'est pas là proprement leur objectif : s'ils contribuent à assurer le repos et la sécurité des bourgeois, c'est très indirectement, car c'est le peuple qu'ils veulent servir, et c'est le peuple qu'ils aiment et recherchent pour lui-même.

« Vous parlerai-je de chacun des prévenus en particulier ? Je le ferai sobrement ; je ne le ferais pas du tout si j'écoutais le sentiment intime de mes clients ; autant ces religieux tenaient à affirmer ici l'honneur de leur congrégation, autant il leur répugnerait de m'entendre prononcer leur éloge personnel.

« Le R. P. George compte 36 ans de vie religieuse. Ambulancier en 1870, puis aumônier militaire, c'est lui qui a fondé le couvent des Sables-d'Olonne et conquis à sa congrégation des ardentes sympathies dont toute la France a entendu l'écho. Déjà en 1880 il était une première fois recteur de la maison de Paris, lors des premières expulsions ; il occupe actuellement pour la quatrième fois cette charge, si lourde aux heures mauvaises.

« Entre temps, il a longuement inspecté comme « visiteur » les missions françaises de son Ordre dans toute l'Amérique du Sud ; si ce vieux serviteur de notre pays veut philosopher sur son banc de la correctionnelle, il peut penser, non sans quelque fierté, au temps où il fondait la maison des Rédemptoristes de Lima avec le concours empressé et officiel d'un amiral et d'un ministre plénipotentiaire de la République française...

« A ses côtés, sont venus s'asseoir : d'abord l'un de ses plus vaillants et plus anciens confrères de Paris, le Père Béthune, qui habite Ménilmontant depuis 25 ans, et qui est un prédicateur des plus écoutés ; le Père Mouton, écrivain de beau talent et en même temps conférencier populaire à la parole puissante.

« Le Père Jacquemard, comme plusieurs autres (car le cas est fréquent dans cette congrégation), a longtemps vécu dans le clergé séculier : vicaire, curé, directeur de séminaire, il a cru pouvoir faire plus de bien encore en renonçant aux honneurs qui l'attendaient sans doute... ; et c'est ici que l'a conduit cette singulière ambition.

« Le Père Têtard est issu d'une race de marins boulonnais qui ont versé leur sang pour la patrie : ses ancêtres, même aujourd'hui, n'ont pas à rougir de lui.

« Le Père Henry, spécialement consacré au service des enfants du faubourg, qui lui rendent en affection son inépuisable dévouement, appartient à une nombreuse famille ; son père et sa mère octogénaires célébraient joyeusement l'année dernière leurs noces de diamant ; mais voici qu'au terme de cette belle vie de patriarches, ils pleurent sous leurs cheveux blancs : six de leurs enfants sont religieux ou religieuses et mis hors la loi. Ecoutez plutôt : une des sœurs du Père Henry était, récemment encore, à Beyrouth, une de ces religieuses missionnaires qui sont notre orgueil à nous tous Français ; malade, elle est renvoyée au pays natal afin d'y retremper ses forces ; elle trouve son couvent fermé, sa communauté expulsée, et en toute hâte, pour éviter les gendarmes, elle doit fuir en Suisse, et soigner à l'étranger les infirmités qu'elle a contractées au service officiel de la France !

« Le frère Constant et le frère Isidore — votre dossier dit : les sieurs Boisseau et Butel — sont de simples frères lais ou laïcs :pas assez laïques cependant au gré de M. l'avocat de la République. Ils ne protestent pas d'ailleurs contre une poursuite que, bien au contraire, ils ont eux-même provoquée. Et je me souviens encore de la simplicité avec laquelle, accomplissant le mandat qu'il avait reçu d'eux, leur supérieur a spontanément livré au juge d'instruction étonné le nom du portier et du cuisinier du couvent ; ils avaient échappé, dans leur humilité, à l'œil de la police ; mais ils se sont souvenus que la règle de saint Alphonse fait d'eux de véritables religieux ; et, partageant la vie des Pères, ils entendent partager leur sort jusqu'au bout : ils sont venus ici, vivant et touchant témoignage, devant cet honneur d'un nouveau genre, de l'égalité chrétienne et démocratique réalisée entre le travail manuel et le travail intellectuel.

« Ces neuf Religieux forment la maison de Paris. Le but même de leur institution est, comme je vous l'ai dit, la prédication populaire ; mais ils sont amenés peu à peu à fonder des œuvres connexes à cette œuvre capitale, desquelles je dois vous dire quelques mots. Et d'abord, savez-vous pourquoi ils habitent, 55, boulevard de Ménilmontant ?

« En 1872, je crois, l'archevêque de Paris voulut avoir dans la capitale une maison de leur Ordre ; on leur proposa d'abord une demeure dans le riche quartier de Saint-Philippe du Roule : ils refusèrent, le fondateur ou le restaurateur de leur Ordre en France, le P. Desurmont, leur ayant légué cette tradition de n'habiter que les campagnes ou les quartiers pauvres des grandes villes. On leur demanda alors de venir se fixer, — au lendemain de la Commune, — entre la Roquette et la rue Haxo ; ils acceptèrent sans hésiter.

« Leur robe fut insultée d'abord, puis respectée, enfin saluée. Ils eurent vite conquis l'estime de tous : ils avaient pris contact avec le

LA CHAPELLE DU COUVENT DES RÉDEMPTORISTES.
Vue intérieure. — La tribune de l'orgue.

peuple du faubourg en allant à lui et en prenant bravement le chemin des plus misérables logis ; bientôt les ouvriers de leur côté apprirent le chemin de leur chapelle. Leur chapelle ! Elle est magnifique, non point par l'éclat de ses ornements, mais par la beauté artistique et la hardiesse inspirée de ses lignes ; elle contraste singulièrement avec la pauvreté et la nudité de la maison ; c'est un Rédemptoriste, le frère Gérard, qui en a été l'architecte, et sa pensée, qu'il ne cachait pas, était de faire de ce temple une église superbe, parce qu'elle devait être l'église où Dieu recevrait les pauvres...

« Les premiers malheureux qui vinrent y prier étaient des Alsaciens-Lorrains : c'était un groupement d'exilés fondé près de là dès 1871 par Monseigneur d'Hulst, et qui réunit encore aujourd'hui cinq cents familles. Elles s'étaient habituées, après le déchirement qui les avait arrachées du sol natal, à retrouver chaque dimanche quelque chose de leur province, de leur Alsace, de cette petite patrie si chère à tous et deux fois sacrée pour eux, en priant parmi leurs compatriotes, en entendant le prêtre parler leur dialecte maternel, — et la flèche gracieuse de la chapelle des Rédemptoristes était devenue pour eux comme un clocher natal.

« Il y a quelques jours, Messieurs, on est venu expulser ces Alsaciens de leur église ; il leur a semblé qu'on les chassait une seconde fois de leur village, et ils ont versé des larmes de rage, car cette fois on les chassait au nom de la grande patrie à laquelle ils avaient tout sacrifié...

« Vous parlerai-je, Messieurs, de l'Œuvre sociale du Patronage, de l'Œuvre des Pauvres, de l'Œuvre permanente de charité ? Ce sont les formes diverses d'une bienfaisante activité à laquelle rien n'échappe dans le domaine de la souffrance humaine.

« Visiteurs des pauvres, les Rédemptoristes, les consolent, les relèvent ; dans une seule année ils ont régularisé jusqu'à 200 mariages, — chiffre respectable pour de « dangereux adversaires de la famille et de la société ». Ils prodiguent d'abord l'assistance morale et réveillent dans les âmes engourdies par la misère cette espérance d'une autre vie sans laquelle certaines destinées d'ici-bas ne seraient qu'une effroyable injustice. Mais croyez-le bien, ils savent que le corps a ses droits et la faim ses exigences, et, se réduisant eux-mêmes au strict nécessaire, ils peuvent distribuer largement des vêtements, du pain, sans souci des opinions religieuses et politiques de ces hommes, en qui ils ne veulent voir que leurs frères malheureux.

« Et ainsi, Messieurs, simplement, sans tapageuse réclame (vous les ignoriez sans doute hier), chacun de ces religieux réalise la belle définition du Rédemptoriste que je trouvais ces jours-ci sous la plume d'un des leurs : *Prêtre pauvre et prêtre des pauvres.* Eh bien ! Messieurs, mener cette vie, faire tout ce bien, se faire prêtre pauvre et prêtre des pauvres, c'est un délit !

« Du moins, telle est la prétention de M. l'avocat de la République, qui vous demande d'appliquer aux prévenus, parce qu'ils disent : « Nous sommes Rédemptoristes », les articles 8, 13 et 16 de la loi du 1er juillet 1901.

« Vous savez déjà par l'éloquente déclaration que vous a lue leur Supérieur général que les Rédemptoristes protestent contre cette prétention ; qu'ils estiment n'avoir violé aucune loi ; et vous savez, par la lecture de nos conclusions, sur quels éléments de droit ils appuient leur résistance.

« Mais vous n'attendez pas de moi, je suppose, Messieurs, que je vous développe ces conclusions. Vous pensez bien que je n'ajouterai pas, sur le terrain juridique, un mot à ma lecture. Il y aurait, n'est-il pas vrai ? comme une comédie indigne et du tribunal et de moi-même, si je faisais mine de plaider cette cause entendue.

« Une première fois, vous avez dû décider, en quelque sorte d'après vos seules lumières, la question de savoir si le refus en bloc par l'une des Chambres, et dans la forme que vous savez, suffisait légalement pour asseoir le délit de congrégation illicite. Et, malgré toute la science et toute l'éloquence de mes confrères, vous avez répondu affirmativement, en condamnant les Capucins d'abord, d'autres Religieux ensuite.

« Il y a huit jours, après l'émouvant plaidoyer de Me de Saint-Auban pour les Pères de Picpus, vous avez écouté avec l'attention qu'elle méritait la discussion juridique si nette, si serrée, et j'ai le droit de dire si décisive, du confrère même que j'ai le bonheur d'avoir aujourd'hui à côté de moi. Me Jean Lerolle avait alors le devoir de reprendre la thèse que vous aviez déjà repoussée, car il l'appuyait d'un fait nouveau d'une singulière portée : le législateur avait parlé, par la bouche de l'auteur principal de la loi de 1901 ; et M. Waldeck-Rousseau avait donné du texte qu'il a fait, l'interprétation qui est la nôtre.

« Il est vrai qu'avec l'ironie sceptique et hautaine qui est un des traits de son talent, il avait eu soin, d'une phrase, de laisser aux tribunaux le droit de ne pas s'incliner devant sa déclaration. Ce droit, Messieurs, vous en avez usé ; vous avez, dans vos consciences, estimé que vous aviez raison contre M. Waldeck-Rousseau, que le législateur de 1901 s'était trompé, grossièrement trompé ; que s'il avait entendu (ce qui n'est pas contestable) exiger une loi spéciale sur chaque demande d'autorisation, il avait mal exprimé sa pensée, dit tout le contraire, et ouvert la porte au procédé sommaire de la majorité... Je n'ai pas la témérité de supposer que ma parole puisse aujourd'hui changer chez les mêmes juges une conviction, qu'après cela, nous devons croire invincible.

« Non pas, vous l'entendez bien, que nous acceptions la sentence que nous attendons : nos conclusions écrites sont là pour affirmer que nous non plus, nous n'avons pas changé d'opinion.

« Elles sont là aussi, Messieurs, ces conclusions, pour vous obliger à un nouvel examen.

« Et c'est pourquoi, si je ne crois pas devoir répéter les arguments qui ne vous ont pas persuadés, je tiens à vous apporter une considération d'un autre ordre. Je veux, pour un instant, admettre avec vous que la loi défende à mes clients de rester Rédemptoristes; et je viens vous dire : ces hommes sont alors dans une situation étrange et cruelle, voués à la police correctionnelle et à la neuvième chambre, car ils ne pouvaient pas ne pas commettre ce délit.

« Supposons en effet que le Père George et ses confrères aient obéi à l'injonction du commissaire de police et se soient dispersés : croyez-vous qu'ils eussent évité de comparaître devant vous? Erreur, Messieurs! A huit jours près, ils seraient venus s'asseoir sur les mêmes bancs, et M. l'avocat de la République se serait levé de son même siège; moins modéré peut-être dans son réquisitoire, il vous aurait à peu près tenu ce langage : « Ces gens-là vous disent qu'ils ne sont plus Rédemptoristes! Ils prétendent qu'ils se sont sécularisés! Je mets leur défenseur au défi de me le prouver. »

« Et je ne vous le cache pas, j'aurais été embarrassé pour le prouver, — j'entends pour le prouver à M. l'avocat de la République. Non pas que la sécularisation soit par elle-même impossible ; l'Eglise catholique sait délier les nœuds qu'elle a formés ; elle le fait dans tous les temps par pitié pour ceux qui se sont trompés sur leur vocation ; elle le fait encore pour le bien général, quand de graves circonstances le rendent nécessaire. Et c'est pour cela que d'autres religieux, pour des motifs éminemment respectables, n'ont pas suivi la même voie que les Rédemptoristes et se sont sécularisés.

« Mais hélas ! ce n'est pas dans les Pères de l'Eglise que M. l'avocat de la République irait chercher les règles de la sécularisation, et j'aurais vainement invoqué l'autorité de saint Alphonse de Liguori : le Parquet, en fait de bulles ou d'encycliques, ne connaît que les circulaires ministérielles.

« Et elles sont terribles, ces circulaires ! On voit bien que, si le gouvernement a le bonheur de posséder un théologien, celui-ci appartient à l'école la plus rigoriste. Et il a mis en garde les Parquets contre les théologiens trop larges et trop tolérants qui, selon lui, les mèneraient tout droit à être « dupes des apparences et complices d'une supercherie ».

« Je ne vous lirai pas, Messieurs, ces documents que vous connaissez ; je les résume seulement : les Parquets, et après eux les tribunaux qui ne veulent pas être accusés de « défaillance », n'admettront pas facilement la réalité d'une sécularisation ; si le prévenu leur montre un papier signé de son Supérieur, affirmant qu'il ne fait pas partie de la congrégation, ce papier ne mérite pas l'examen ; s'il y joint un écrit de l'évêque, demandez-lui un acte du Pape ; et s'il vous présente cet acte du Pape, demandez-lui si le Pape s'est mis d'accord avec le gouvernement français... Car la sécularisation ne sera valable que si le sécularisé est pourvu, dans son diocèse d'origine, d'un poste concordataire, et le ministre des cultes se réserve d'examiner si le candidat est digne d'un tel poste. Et, d'avance, le ministre déclare qu'il élimine par la question préalable tout soi-disant sécularisé dont la congrégation dissoute en France continuera d'exister quelque part à l'étranger !

« Ah ! Messieurs, réaliser l'accord du Pape et du gouvernement français, il paraît que c'est encore possible à certains jours ; mais voilà qui est au-dessus des forces humaines : comment s'assurer que la congrégation que l'on quitte cessera d'exister partout au delà des frontières, et comme amener la protestante reine des Pays-Bas ou le Grand-Turc à être aussi rigoureux contre les moines catholiques que la République française, et à supprimer telle congrégation en Hollande et en Turquie ?

« Ne nous payons pas de mots : la sécularisation selon les circulaires est impossible ; et si nous voulons chercher le commentaire officiel de ces textes d'une si savante perfidie, j'ai bien peur de le trouver dans les lignes suivantes de M. Victor Charbonnel :

« Un congréganiste est obligé, de par ses « vœux, de rester congréganiste tant qu'il reste « dans la foi catholique. Il ne sera vraiment « sécularisé que lorsqu'il sera laïcisé, lorsqu'il « aura apostasié. »

« Ah ! oui, voilà le vrai mot lâché par quelqu'un qui s'y connaît ! Il y a, aux yeux des théologiens de gouvernement, un moyen sûr de se séculariser, c'est d'apostasier, ou, comme dit le peuple, de se défroquer.

« Oh ! dans ce cas, plus de délit ! Que dis-je ? Défroqué ? Si nous en croyons la Presse, c'est un titre à la faveur : cela permet d'obtenir, par exemple, une recette buraliste, comme ce curé en révolte contre son évêque (1), ou

(1) V. *les journaux du 29 juillet 1903.*

tout au moins, toujours d'après les journaux d'hier (1), une audience du chef du gouvernement. Mais oui, Messieurs, si les Pères Rédemptoristes avaient apostasié, peut-être auraient-ils vu s'ouvrir devant eux les portes du ministère de l'intérieur, — ces portes que j'ai vues verrouillées et gardées militairement devant quelques femmes venant revendiquer leurs droits de mères de famille. Ils auraient vu, dis-je, ces portes s'ouvrir toutes grandes, et ils auraient été admis à discuter, de puissance à puissance, avec le président du Conseil, ministre des cultes, l'organisation, dans nos rues et sur nos places publiques, d'une procession de quelque idole de cette religion nouvelle dont les hymnes liturgiques s'appellent l'*Internationale* et la *Carmagnole*.

« Mais, Messieurs, n'apostasie pas qui veut !

« Les hommes qui sont là sont d'honnêtes gens, et ils ont le respect d'eux-mêmes ; mais ce sont aussi des religieux, chez qui l'austérité

(1) L'ex-abbé Charbonnel, avec plusieurs de ses amis, a été reçu par M. Combes, ministre de l'intérieur ; ils l'ont entretenu des mesures à prendre pour avoir la liberté de la manifestation qu'ils préparent le dimanche 2 août, à la statue d'Etienne Dolet. Des ordres ont été donnés en ce sens à M. Lépine, préfet de police. (*Les journaux du 29 juillet 1903.*)

des mœurs a sauvé la pureté de la foi : ils ne sont pas de ceux qui apostasient.

« J'avais donc raison de dire qu'ils ne pouvaient éviter d'être cités devant vous ; mais entre les deux attitudes qu'ils pouvaient prendre ici, j'aime mieux, moi, leur défenseur, celle qu'ils ont choisie en venant vous dire : « Oui, nous sommes toujours Rédemptoristes ! »

Vous allez donc les condamner et, sans doute, vous allez les condamner à 16 francs d'amende ; et, je le sais, dans votre pensée, cette modération dans la peine est quelque chose comme un muet hommage, le seul hommage que votre estime puisse rendre à ceux que vous vous croyez obligés de frapper.

« Mais cette indulgence n'est qu'une apparence ; et, sous cette apparence, la loi, qui vous permet d'en user, masque ses véritables et cruelles sanctions.

« Je suppose, — ce qu'à Dieu ne plaise ! — que votre interprétation triomphe définitivement et soit consacrée par la Cour de Cassation. Avez-vous réfléchi à ce que deviendront alors ces hommes qui n'auront ni le droit de rester Rédemptoristes, ni le moyen de cesser de l'être ?

« Il faut remonter, pour trouver une situation analogue, au droit romain, non pas à ce droit civil que nous appelons encore la raison écrite, mais à un droit criminel à la fois arbitraire et hypocrite.

« Un citoyen romain était sacré, et à cause de cela, le magistrat ne pouvait le condamner à l'exil, que déjà les poètes et les orateurs proclamaient impie...Mais ils pouvaient lui interdire l'eau et le feu. Le malheureux qui ne pouvait plus ni boire, ni manger, ni s'abriter sous un toit, était bien forcé, s'il voulait vivre, de fuir la patrie...

« Ceci n'est pas une vaine image du passé, Messieurs ; c'est la réalité prochaine pour ces citoyens français, si vous faites jurisprudence. La force publique les dispersera ; peut-être les retrouverez-vous devant vous, récidivistes, qu'à contre-cœur vous condamnerez, — cette fois, à la prison ; et quand ils sortiront de la Santé ou de Fresnes, que pourront-ils devenir? Ils ne pourront plus gagner leur pain, car ils vivaient de l'autel ou plutôt de la chaire chrétienne — comme nous vivons, Messieurs, de la justice ; — et ils peuvent l'avouer fièrement, ces ouvriers évangéliques qui faisaient sur leurs salaires la part des pauvres avant de manger eux-mêmes.

L'autel et la chaire leur sont interdits : leurs messes et leurs sermons ne sont pas concordataires ! Et d'ailleurs, s'ils pouvaient gagner leur pain, à quel foyer le mangeraient-ils ?

« Ils ne pourront même pas, comme des malfaiteurs vulgaires qui ont purgé leur peine, rentrer chez eux ! Ils n'auront plus de domicile, ils étaient propriétaires ; ils ont été spoliés... Oh ! pardon, je n'ai pas le droit de parler ainsi : les lois d'exception ont encore en France des pruderies de langage, ils n'ont pas été spoliés, — ils ont été *liquidés*...

« Ils ne peuvent louer un logement : le propriétaire craindrait trop que son immeuble ne tentât l'appétit du liquidateur ; et si des amis, — ils en gardent encore dans la mauvaise fortune, si des amis veulent les accueillir à leur foyer, eux-mêmes refuseront cet asile : car ils le savent, derrière eux la police entrerait, non plus seulement pour les appréhender eux-mêmes une fois de plus, mais pour arrêter avec eux leurs hôtes, complices présumés de la reconstitution d'une congrégation ; car, Messieurs, il y a désormais en France des parias qu'on ne peut recevoir sous son toit sans commettre un délit !

« Interdits de l'eau et du feu, ils devront prendre le chemin de l'exil...

« Telle est, Messieurs, la portée vraie de ce débat ; il était nécessaire de le dire bien haut, et pour vous qui jugez, et pour le pays qui, aux heures où nous sommes, écoute attentivement et commente passionnément vos jugements.

« J'ai fini. Avant de m'asseoir cependant, je veux vous lire encore quelques lignes de ce rapport de M. Rabier que j'ai déjà cité longuement. Ce sont les dernières lignes, celles dans lesquelles il résume toute sa pensée.

« Nous nous contenterons, dit-il, de vous rappeler les paroles éloquentes et vraies prononcées à la tribune par M. René Viviani le 15 janvier 1901 :

« Nous sommes des hommes politiques, chargés d'une œuvre politique, chargés, par toutes les mesures qui sont en notre pouvoir, de préserver de toute atteinte le patrimoine de la République ! »

« Ah ! Messieurs, je le sais, le tribunal entend s'acquitter, par l'application de la loi telle qu'il la comprend, d'une mission exclusivement juridique. Hélas ! que vous le vouliez ou non, c'est à l'œuvre politique de M. Rabier que vous allez prêter le concours du pouvoir judiciaire.

« Que vous le vouliez ou non, ce n'est pas au droit, mais à l'arbitraire que vous allez donner la sanction, sacrée entre toutes, d'un de vos jugements.

« Mais, en le faisant, et malgré cela, que dis-je ? — à cause de cela, — non, non ! vous ne servirez pas la République !

« Laissez-moi vous le dire respectueusement, avec toute la sincérité de ma conviction. Les hommes de ma génération, qui ont salué dans la République l'aube du relèvement de la patrie vaincue, et qui, libres d'attaches envers les gouvernements disparus, se sont donnés sans arrière-pensée à l'idéal républicain, — ceux-là, dont je suis, Messieurs, ceux-là souffrent cruellement à l'heure où nous sommes. Qu'un empereur ou un roi cherche son salut dans les mesures arbitraires, ce peut être une erreur de fait, et l'histoire est là pour le prouver ; mais du moins, ce n'est pas une atteinte à la base même du régime. Mais que la République les imite ! qu'elle se jette à son tour dans les lois d'exception ! voilà qui nous remplit d'un trouble profond, d'une crainte angoissante, parce que la République, en le faisant, porte un coup direct et terrible à ce qui est son principe le plus essentiel (1).

« Hé quoi ! nous faut-il donc renoncer, comme à des illusions perdues, aux chères croyances de toute notre jeunesse ?

« Mais non ! sachons dominer ce trouble et chasser cette crainte, puisque nous trouvons ici même de quoi refaire nos courages. C'est vous, mes Pères, qui nous donnez ce réconfort, et je vous en remercie.

« Ne regrettez pas, mes Pères, de vous être assis sur ces bancs : sans doute, si vous n'aviez considéré que vos intérêts matériels et le souci de votre propre repos, mieux eût valu vous exiler tout de suite ; mais vous avez eu conscience que, dans notre démocratie, vos droits violés étaient ceux de tous, et vous avez compris le noble devoir qui vous incombait.

« Si tout à l'heure, comme je le crains, le tribunal prononce une condamnation, après avoir écouté respectueusement et tristement la sentence de vos juges, nous nous tournerons vers vous, les condamnés, et parce que nous verrons des citoyens au cœur ferme, prêts à tout sacrifier

(1) On a donné ici le texte intégral de la plaidoirie de Me Duval-Arnould, en laissant à l'éminent avocat la responsabilité de ses appréciations (*Note de l'auteur*).

et à tout souffrir pour la défense de leurs droits, — de *nos* droits sacrés, — nous pourrons quitter ce prétoire sans désespérer ni de notre pays, ni de la liberté ! »

De longs et enthousiastes applaudissements accueillirent les dernières paroles de l'éloquent défenseur, qui eût assuré le triomphe de ses illustres clients s'ils avaient été devant des juges.

Mais les préposés du pouvoir avaient reçu du législateur l'impérieuse consigne de défendre la République contre les dangers de la congrégation et les envahissements de la mainmorte.

Il leur fallait condamner.

Après un simulacre de délibération, ils reconnurent coupables du délit de « congrégation » et condamnèrent à seize francs d'amende les prévenus qui leur étaient déférés.

Ces prévenus étaient : le R. P. Désiré Castelain, provincial ; les Pères Etienne Monniot, Achille Maillard, Henri Hamez, de la maison-mère d'Antony ; le R. P. Alphonse George, recteur, les R. P. Eugène Béthune, Charles Joseph Voinot, Arthur Mouton, Henri Payen, Joseph Tétard, Marie-Joseph Jacquemard et les frères Isidore Butez et Constant Boisseau du couvent de Ménilmontant.

IX

RELIGIEUX QUAND MÊME

La nouvelle de la condamnation des Religieux fusa, comme une traînée de poudre, jusqu'au couvent du boulevard de Ménilmontant.

La décision de la justice officielle était prévue : elle n'y causa point de surprise, mais, aux yeux de cette population vaillante et fidèle, fit luire autour des Pères cette éclatante auréole qui sera toujours celle du persécuté.

Aussi, pour les condamnés du 30 juillet, le retour à ce couvent dont on les voulait chasser, fut-il véritablement un triomphe.

La foule s'était portée en masse au-devant des Religieux, et les palmes qui leur furent offertes, symboles du martyre, comme aussi de la victoire, disaient assez que le sentiment populaire, qui jamais ne fut le plus juste interprète de la voix de Dieu, avait, dès longtemps, déchiré le verdict de cette condamnation par ordre.

Les sectaires, dont l'œuvre impie s'accomplissait alors, avaient-ils prévu ce consolant spectacle qu'offrit, par cette belle après-midi d'été, ce coin retiré de ces boulevards extérieurs qui portent, d'ordinaire, si mauvaise réputation?

Avaient-ils prévu ces acclamations sans fin, cette multitude d'ouvriers, d'artisans et d'hommes du peuple faisant aux condamnés une escorte d'honneur? Avaient-ils prévu ce retour à ce couvent tout enguirlandé de roses, et tapissé de feuillages, cette joie universelle enfin, qui eût pu paraître étrange si, dans cette enceinte de la prière, on ne s'était, naturellement, souvenu de cette parole du Maître: « Bienheureux serez-vous, lorsque le monde vous persécutera à cause de moi: ce jour-là, réjouissez-vous grandement. »

Et le soir, dans les jardins du couvent, embrasés de feux de bengale multicolores que mille mains invisibles avaient habilement disposés, sous la lueur tremblotante des lanternes vénitiennes qui, gracieusement, se balançaient aux arbres, le spectacle fut féerique.

Les acclamations se succédaient sans trêve, alternant avec les chants d'allégresse dans lesquels l'Eglise célèbre son éternel triomphe, contre lequel ne peuvent prévaloir toutes les puissances du monde.

Et bientôt, dans un religieux silence qui s'était fait, comme par enchantement, la voix du R. P. George, recteur du couvent, s'éleva grave et sonore.

Elle disait :

« Laissez-nous déclarer, en quelques mots, l'intime et grave raison de notre attitude.

« Nous avons subi une condamnation au tribunal, et pourtant nous ne nous révoltons point. Nous y sommes allés, parce que, sous l'intégrité, la courtoisie et presque la bienveillance des magistrats qui nous poursuivent, nous avons senti l'implacable action d'un pouvoir occulte, qui, en dehors d'eux-mêmes et à leur insu peut-être, mène cette effroyable campagne.

« Ce pouvoir occulte, osons le dire, c'est la Franc-Maçonnerie. Hypocrite et haineuse, cette association, que Léon XIII a qualifiée de « Synagogue de Satan, contrepied sacrilège de la vraie Eglise de Jésus-Christ », a juré l'extermination de l'Eglise catholique. Se voyant à l'apogée de sa puissance, elle croit l'heure propice et, en exécutant les Religieux, elle commence son œuvre de mort.

« Aussi, nul ne l'ignore, la loi qui nous tue

LE CLOÎTRE DU COUVENT TRANSFORMÉ EN CHAPELLE.

émane de ses convents, et c'est chez elle que se trouve le secret du lugubre drame qui se joue en ce moment et qui épouvante la France entière.

« Devant, par vocation et par conscience, lutter contre les doctrines de cette société néfaste, pouvons-nous, nous vous le demandons, en accepter l'odieux joug, nous faire ses complices et lui livrer la place ? Non, certainement. Voilà pourquoi, forts de notre droit et du sentiment de notre devoir, nous résistons à cette législation contraire au droit qui ne peut être celle de la vraie France, voilà pourquoi nous en appelons à son impartiale justice. Et quoi qu'il arrive, nous savons que Dieu aura le dernier mot, car il a dit : « Ne craignez pas, j'ai vaincu le monde ! »

Et la foule se rassembla autour de l'autel sur lequel brillait déjà l'ostensoir d'or renfermant la blanche Hostie.

Et lorsque la bénédiction de ce Dieu « qui règne dans les cieux et de qui relèvent tous les empires », descendit sur le peuple prosterné, du cœur de ces humbles et de ces simples, qui, ignorant des calculs des politiciens, ne laissent pas que de ressentir amèrement les injustices commises, une prière ardente s'éleva pour la

France oublieuse, infidèle à sa mission providentielle.

Et lorsque la foule s'écoulait, lentement, comme à regret, un Religieux, se penchant vers moi, me murmura ces paroles : « Il y a là, voyez-vous, des ferments de révolte que la République a semés elle-même ; ces ferments germeront un jour ou l'autre. »

C'était, également, ma pensée : elle était pour beaucoup dans la part que je prenais à la réjouissance commune.

X

LES PRÉTENTIONS DU LIQUIDATEUR

Menaces d'Expulsion

Appel avait été régulièrement interjeté, dans les délais de la loi, du jugement de la neuvième chambre.

Aussi, fermement résolus à épuiser toute la série des juridictions de recours, les RR. Pères Rédemptoristes avaient-ils espéré continuer, durant quelques jours encore, dans le calme et le recueillement, la mission providentielle, l'apostolat fécond qu'ils avaient entrepris au quartier de Ménilmontant.

Mais l'ennemi veillait toujours.

L'ennemi, qui voulait voir disparaître à tout jamais ce foyer de vitalité et d'influence chrétiennes ; l'ennemi, auquel sa haine furieuse redisait, à chaque instant, avec une insistance toujours plus grande, le mot tristement fameux de Napoléon III au Piémontais, sollicitant la libre invasion des Etats pontificaux : « Faites, mais faites vite. »

Il fallait donc agir. Il fallait — la tyrannie républicaine, aveugle et implacable comme toutes les tyrannies anonymes, ne connaît ni bornes ni répits — poursuivre cette persécution, odieusement commencée, et qui ne permet pas au vaincu désarmé de jouir tristement, mais paisiblement, des derniers jours de grâce que lui accorde l'ironique générosité d'un vainqueur impitoyable.

Le liquidateur se chargea de cette tâche et l'exécuta avec un art savant.

Le vendredi 24 septembre, il assignait, à bref délai, pour le mercredi suivant, les PP. Rédemptoristes à l'audience des référés, sollicitant du juge l'autorisation de prendre possession de leurs immeubles et d'en expulser, même par la force, les propriétaires qui les détenaient encore.

L'heure était merveilleusement choisie pour arriver au but par un véritable coup de surprise.

En présence d'une menace aussi grave, il ne restait aux Religieux qu'un délai de quarante-huit heures pour faire face aux nécessités de leur défense.

Et de plus, le moyen de trouver un défenseur à cette époque de pleines vacances judiciaires dont les conseils ordinaires des Pères Rédemptoristes avaient justement profité pour demander à l'air pur et vivifiant de nos plages ou de nos campagnes le contrepoids nécessaire de l'air anémiant de la grande ville !

Etait-ce bien là la véritable pensée de ceux qui sollicitaient ainsi un permis d'expulsion et d'immédiate spoliation ?

Il faut reconnaître, en tout état de cause, qu'ils insistèrent auprès du juge avec une impatience non dissimulée.

Le débat traînait en longueur.

Non pas, cependant, que les divers arguments mis en avant par les demandeurs et les réponses logiques et vigoureuses de Me Emile Bertinot, l'honorable avoué des Religieux, eussent besoin de bien longs développements.

Mais le juge se montrait hésitant.

Assurément, c'était un « service » que l'on sollicitait, et tout service entraîne avec lui sa légitime compensation ; mais, d'autre part, se souvenant qu'il était investi du pouvoir de rendre la justice, et ballotté entre ces deux alternatives, il s'en tira... à l'anglaise en renvoyant l'affaire au 10 octobre.

Peut-être étions-nous fondé à interpréter, ainsi que nous venons de le faire, les intentions des parties poursuivantes, alors que chacun put les voir, à cette seconde audience, manifester en faveur d'un nouveau renvoi de l'affaire, la même complaisance qu'ils avaient, auparavant, montrée pour la solution immédiate.

Leur échec précédent avait-il opéré, de lui-même, cette subite transformation ?

L'affaire fut, à nouveau, renvoyée au 20 octobre, et, cette fois, intervint un jugement qui, sans déférer immédiatement aux injonctions du liquidateur, confirmait, cependant, celui-ci dans ses fonctions et ses pouvoirs, et l'armait, en outre, pour l'avenir, dans des proportions que l'on va juger redoutables, à la lecture du document suivant :

RÉPUBLIQUE FRANÇAISE. AU NOM DU PEUPLE FRANÇAIS. — Le président du tribunal civil de première instance du département de la Seine, séant au palais de justice, à Paris, a rendu en audience publique l'ordonnance de référé dont la teneur suit : Par-devant nous, président du tribunal civil de la Seine, tenant l'audience des référés au palais de justice, à Paris, assisté de notre greffier ; a comparu

Me Delesalle, avoué près ledit tribunal et de M. Edmond Duez, administrateur judiciaire près le même tribunal, demeurant à Paris, rue Bonaparte, n° 17 ; agissant au nom et comme liquidateur judiciaire et administrateur séquestre de tous les biens détenus par la Congrégation légalement dissoute des Pères du Très-Saint-Rédempteur, dits : « Rédemptoristes ou Liguoriens », lequel nous a dit qu'à la requête de M. Duez, ès qualité, il a, par exploit de Legendre, huissier à Paris, en date du vingt-quatre septembre 1903, enregistré, fait donner assignation à : 1° M. Eugène-Adolphe Béthune, demeurant à Paris, boulevard de Ménilmontant, n° 55, au domicile par lui élu, rue Vivienne, n° 10, en l'étude de Me Emile Bertinot, avoué près le tribunal civil de la Seine ; 2° M. Etienne Moniot, prêtre, demeurant à Antony (Seine) au domicile par lui élu à Paris, rue Vivienne, n° 10, en l'étude de Me Emile Bertinot, avoué près le tribunal civil de la Seine ; 3° M. Nicolas-Auguste Roger, prêtre, demeurant à Valence (Drôme), au domicile par lui élu à Paris, rue Vivienne, n° 10, en l'étude de Me Emile Bertinot, avoué près le tribunal civil de la Seine ; 4° M. Charles-Louis Simonin, prêtre, demeurant à Saint-Nicolas-du-Port

(Meurthe-et-Moselle), au domicile par lui élu à Paris, rue Vivienne, n° 10, en l'étude de Me Emile Bertinot, avoué près le tribunal civil de la Seine ; 5° M. Mathias Rans, prêtre, demeurant à Rome, via Merellana, au domicile par lui élu à Paris, rue Vivienne, n° 10, en l'étude de Me Emile Bertinot, avoué près le tribunal civil de la Seine ; 6° M. Jean-Pierre-François Blum, prêtre, demeurant à Vienne (Autriche), au domicile par lui élu à Paris, rue Vivienne, n° 10, en l'étude de Me Emile Bertinot, avoué près le tribunal civil de la Seine ; 7° M. Alphonse George, prêtre, demeurant à Paris, boulevard de Ménilmontant, n° 55, au domicile par lui élu à Paris, rue Vivienne, n° 10, en l'étude de Me Emile Bertinot, avoué près le tribunal civil de la Seine ; 8° M. Nicolle-Malpas, demeurant à Paris, boulevard de la Bastille, n° 22 bis, soi-disant président de la prétendue société dite « la Charitable Providence », dont le siège serait à Paris, boulevard de Ménilmontant, au domicile par lui élu à Paris, 62, boulevard de Sébastopol, en l'étude de Me Masselet, avoué près le tribunal civil de la Seine, à comparaître par-devant nous le 30 septembre pour : Attendu que n'ayant pas été autorisée dans les termes de la loi du premier juillet 1901, la Congrégation des Pères du Très-Saint-Rédempteur dits Rédemptoristes ou Liguoriens s'est trouvée dissoute de plein droit et qu'elle a été, par jugement de ce tribunal en date du 4 avril 1903, pourvue d'un liquidateur en la personne de M. Duez ; Attendu qu'au moment de la promulgation de la loi sus-visée, cette congrégation détenait de nombreux immeubles et notamment ceux sis savoir : à Paris, boulevard de Ménilmontant n°s 55 et 57, et passage René, n°s 6 et 8, ensemble les objets mobiliers étant dans ces immeubles; Attendu, en conséquence, que ces immeubles et ces meubles se trouvent soumis au régime de la liquidation judiciaire et placés sous le régime sequestre dudit M. Duez. Que vainement les Pères Béthune, Monjot ou Moniot, Roger Simonin, Rans, Blum et George et la Société « la Charitable Providence » opposeraient les actes par lesquels, aux dates des 6 juillet 1874, 9 février 1887, 20 et 21 janvier 1876, 17 juillet 1878 et 1er février 1901, ils auraient acquis de diverses personnes lesdits immeubles : qu'en invoquant des titres dont l'examen et l'appréciation échappent au juge des référés, les défendeurs ne sauraient faire obstacle aux mesures de précaution et de sauvegarde prescrites par la loi ni faire échec aux pouvoirs dont M. Duez est légalement investi. Attendu d'ailleurs et surabondamment que le juge du principal est déjà saisi par les défendeurs d'une demande en revendication des immeubles dont s'agit, et que jusqu'à la décision à intervenir sur cette demande lesdits biens déjà réputés par le législateur biens litigieux *à priori* seront doublement litigieux ; Attendu qu'il y a urgence extrême à ce que M. Duez soit mis en possession. Par ces motifs et les autres à suppléer : Voir dire qu'en sa qualité d'administrateur séquestre de tous les biens détenus par la congrégation des Rédemptoristes au moment de la promulgation de la loi du 1er juillet 1901, M. Duez peut et doit appréhender les immeubles et les meubles dont s'agit. En conséquence, le voir autoriser à faire appel à l'assistance du commissaire de police et de la force armée, pour, en en expulsant au besoin tous ceux qui l'entraveraient ou le troubleraient dans l'accomplissement de sa mission, se mettre et se maintenir comme séquestre légal en possession de ces immeubles et de ces meubles à l'effet de les gérer et administrer tant activement que passivement. Voir ordonner l'exécution provisoire, nonobstant appel, sur minute et avant tout enregistrement de l'ordonnance à intervenir; sous toute réserve. Ajoutant ledit Delesalle qu'il avait comparu le 30 septembre; qu'à cette date, sur la comparution de Mes Emile Bertinot et Messelet, avoués pour les défendeurs, l'affaire avait été renvoyée au 10 octobre et qu'ensuite appelée le 10 octobre, elle avait été renvoyée à ce jour; ajoutant, en outre, qu'il comparaissait au désir de ladite assignation requérant défaut contre lesdits défendeurs au cas de non-comparution, en tout cas, l'adjudication de ses conclusions. Et a ledit Delesalle, signé sous toutes réserves. Signé : Francis J. Delesalle. Nous, président du tribunal, ouï Lunery, avocat, assisté de Delesalle, avoué de Duez, agissant au nom et comme liquidateur judiciaire et administrateur séquestre de tous les biens détenus par la Congrégation légalement dissoute des Pères du Très-Saint-Rédempteur ou Rédemptoristes; Ouï Emile Bertinot, avoué de Béthune, Monjot ou Moniot, Roger, Simonin, Rans, Blum, George; Ouï Messelet, avoué de Malpas, au nom et comme président de la société civile « la Charitable Providence ». EN CE QUI CONCERNE LES PARTIES DE EMILE BERTINOT. Attendu qu'il résulte des documents produits et qu'il paraît constant qu'à la date du 1er juillet 1901, les immeubles situés à Paris, boulevard de Ménilmontant, 55 et 57, et passage René, nos 6 et 8, étaient détenus par la Congrégation des Pères du Très-Saint-Rédempteur ou Rédemptoristes. Attendu qu'aux termes d'un jugement du tribunal civil de la Seine du 4 avril 1903, Duez a été nommé liquidateur judiciaire et administrateur séquestre de tous les biens détenus par ladite congrégation aujourd'hui légalement dissoute. Attendu qu'il importe peu que les parties de Emile Bertinot, se prétendant propriétaire desdits immeubles, aient formé contre Duez une action en revendication pendante devant les juges du fond. Attendu que bien que lesdits immeubles soient litigieux à ce titre, il n'y a pas lieu de les replacer sous l'administration d'un séquestre autre que Duez, lequel tient de sa mission judiciaire et de la loi du 1er juillet 1901 le droit d'entrer en possession desdits biens et de les gérer et administrer jusqu'à ce qu'il ait été statué sur leur propriété. Attendu qu'il y a lieu, en conséquence, d'autoriser Duez à se mettre en possession desdits immeubles. Attendu, toutefois, que Béthune, Roger et Moniot, qui s'en prétendent propriétaires, établissent qu'ils sont domiciliés dans lesdits immeubles ; que nous ferions préjudice au principal en ordonnant, dès à présent, leur expulsion desdits lieux. Attendu qu'il convient en conséquence de les autoriser à demeurer dans les locaux actuellement occupés par eux sans qu'ils puissent d'ailleurs résulter de leur maintien dans lesdits lieux aucun préjugé sur la question de propriété et sous réserve par Duez d'exiger d'eux ultérieurement s'il y a lieu toutes indemnités représentatives de leur indue occupation desdits lieux pour le cas où il serait ultérieurement établi qu'ils n'en sont pas propriétaires. Attendu qu'il convient également de réserver à Duez la faculté de provoquer l'expulsion de Béthune, Roger et Moniot pour le cas où il serait, ultérieurement, jugé que leur présence dans les lieux constitue une infraction à la loi pénale. En ce qui touche la Charitable Providence et Nicolle Malpas : Attendu qu'ils excipent d'un acte de location qui n'a pas été jusqu'à présent l'objet d'une demande en nullité par Duez. Attendu qu'il y a lieu de donner acte à celui-ci de ses réserves d'attaquer ultérieurement ledit acte de location.

Par ces motifs : Renvoyons les parties à se pourvoir au principal et disons n'y avoir lieu à référé en ce qui touche « la Charitable Providence » et Nicolle Malpas, mais cependant par provision en ce qui touche les parties d'Emile Bertinot. Disons qu'en vertu de sa mission de liquidateur judiciaire et administrateur séquestre des biens détenus par la Congrégation dissoute des Rédemptoristes, Duez est, de plein droit, administrateur séquestre des immeubles situés à Paris, boulevard de Ménilmontant, n°s 55 et 57, et passage René, n°s 6 et 8. Lui donnons acte de ses prétentions et affirmations que sous la désignation ci-dessus il entend comprendre l'ensemble immobilier situé à Paris, boulevard de Ménilmontant et passage René, encore que certaines portes d'accès dudit immeuble portent des numéros autres que ceux ci-dessus précités. Donnons acte aux parties de Emile Bertinot de leurs prétentions et affirmations contraires en ce qui touche notamment des immeubles qui porteraient les numéros 51 et 53 du boulevard de Ménilmontant, et qui, d'après eux, constitueraient des biens distincts des immeubles portant les numéros 55 et 57 du boulevard de Ménilmontant et numéros 6 et 8 du passage René. Autorisons Duez même avec l'assistance du commissaire de police et de la force armée, à prendre possession desdits immeubles et des meubles les garnissant, et disons qu'il en gardera la possession et l'administration pour le compte de qui il appartiendra jusqu'à ce qu'il ait été statué au principal sur leur propriété. Autorisons Duez à expulser au besoin tous ceux qui le troubleraient dans l'exercice de sa mission. Disons toutefois qu'il ne pourra pas expulser Béthune, Roger et Moniot tant qu'il ne sera pas jugé définitivement que leur présence dans l'immeuble constitue une infraction à la loi pénale, sans que, d'ailleurs, il puisse résulter du maintien provisoire des sus-nommés dans l'immeuble aucun préjugé sur la question de propriété soumise aux juges du fond. Réservons à Duez la faculté d'exiger d'eux ultérieurement le paiement d'une indemnité représentative de leur occupation des lieux pour le cas où il serait jugé qu'ils ne sont pas propriétaires de l'immeuble. Donnons acte aux parties de Emile Bertinot de leur affirmation qu'ils sont propriétaires, de leur protestation et de leurs réserves de suivre sur l'instance en revendication intentée par eux au principal. Ordonnons l'exécution provisoire, nonobstant appel et sans caution, de la présente ordonnance. Signé :

Ditte et Roret. En conséquence, le Président de la République française mande et ordonne à tous huissiers sur ce requis de mettre la présente ordonnance à exécution; aux procureurs généraux et aux procureurs de la République près les tribunaux de première instance d'y tenir la main ; à tous commandants et officiers de la force publique d'y prêter main-forte lorsqu'ils en seront légalement requis. En foi de quoi la minute de la présente ordonnance a été signée par le président et par le greffier. En marge de la minute se trouve la mention d'enregistrement suivante : Enregistré à Paris, le 20 octobre 1903, folio 31, case 1. Reçu 5 francs 63 centimes, décimes compris. Signé Varinot. Par le président : Signé L. Delorme.

Pour copie en 9 rôles :

Signature illisible.

Pendant que ces événements s'accomplissaient au Palais de justice, revenons avec le lecteur au couvent du boulevard de Ménilmontant.

Me Emile BERTINOT,
avoué près le Tribunal civil de la Seine,
CONSEIL DES PÈRES RÉDEMPTORISTES.

XI

LES PRÉPARATIFS DE LA RÉSISTANCE

L'iniquité consommée !

L'annonce du danger prochain, la crainte de l'expulsion imminente avaient ramené au couvent la même foule sympathique et empressée qui, le 30 juillet, avait triomphalement accueilli les Religieux, condamnés par les tribunaux de la République.

Si la même foi en l'avenir, si la même invincible espérance dans le triomphe définitif du Christ et de son Eglise étaient toujours dans tous les cœurs, une angoisse, bien légitime, se lisait cependant sur tous les visages. La séparation semblait cruelle à cette population vaillante qui, depuis trente années, habituée aux continuels bienfaits des Pères, savait le chaleureux accueil qui lui était toujours réservé au couvent, devenu le nécessaire refuge de toutes les misères morales.

Et pendant que l'on s'empresse autour des Religieux, pendant que chacun, dans ce couvent où il croit venir pour la dernière fois, s'efforce de fixer dans son esprit un dernier souvenir qu'il emportera pieusement, quelques catholiques plus énergiques et plus résolus s'emploient avec activité à mettre le couvent en état de solide et effective défense.

Force devra rester à la loi, sans doute; mais, tout au moins, les représentants du pouvoir ne pourront entrer dans les immeubles qu'ils convoitent, que de la façon dont on entre dans une place emportée par la violence et prise d'assaut après un siège en règle.

Et, pendant plusieurs heures, l'aspect du couvent se transforme. De formidables barricades, construites d'énormes madriers, se dressent devant toutes les issues, les fenêtres elles-mêmes disparaissent derrière de solides contrevents construits à la hâte; la hache des démolisseurs pourra, seule, désormais, avoir raison de cette forteresse improvisée.

Mais la Providence avait décidé contrairement aux calculs humains. Les Religieux ne devaient pas quitter leur demeure; ils pouvaient attendre en paix la solution définitive de l'instance judiciaire poursuivie contre eux.

La joie fut vive au couvent, car l'angoisse avait été poignante.

Sans doute, l'exécution, pour être différée,

n'était pas moins certaine. Mais qu'importait-il pour le présent ? Les Religieux restaient au milieu de leurs amis ; les portes hospitalières du couvent ne devaient point se fermer encore, et l'avenir appartenait à Dieu !

. . . .

Les menaces des sectaires ne sont point encore accomplies, et l'œuvre de Dieu se poursuit toujours.

Mais, avant de terminer ces pages, contribution modeste à l'histoire de notre temps, il n'est point interdit de prévoir l'issue fatale de la longue agonie de ce couvent dont on ne dira pas, comme on a dit des peuples heureux, qu'il n'eut pas d'histoire.

Alors que les serviteurs du gouvernement, qui siègent dans les fauteuils de la Cour suprême, auront décidé en dernier ressort, l'administration, que l'Europe a cessé de nous envier, prendra les mesures d'exécution.

Et l'on verra, au quartier de Ménilmontant, le commissaire de police, escortant un huissier, se présenter au couvent avec l'obligatoire et indispensable compagnie des gardiens de la paix et des représentants de la force armée.

Alors recommencera la scène odieuse et navrante qui, depuis deux années, se déroule presque quotidiennement sur toute l'étendue du territoire : les sommations et le refus d'ouvrir, le crochetage des serrures, l'effraction des portes, puis, ce cambriolage achevé, les Religieux violemment expulsés de leur demeure, jetés sur les pavés de nos boulevards, sans domicile assuré, et placés par l'autorité elle-même dans cette situation que nos codes qualifient de vagabondage.

Et le peuple qui verra tout cela, le peuple qui verra chasser ses bienfaiteurs, murmurera peut-être, s'indignera certainement ; mais il laissera faire.

Le peuple laissera faire, car le poison révolutionnaire qui circule dans ses veines a, depuis longtemps, tué ses énergies viriles, comme les exhortations émollientes des tenants du « conservatisme », du « légalisme » et du « parlementarisme » ont étouffé, chez lui, les colères généreuses et les révoltes salutaires.

Le peuple laissera donc faire, et l'histoire de la France contemporaine comptera une page déshonorante de plus.

Et c'est à la Révolution jacobine et sectaire, maçonnique et juive dans son origine comme dans son action, que nous serons redevables de ce nouvel affront à nos gloires nationales.

Tant il est vrai, — ainsi que du fond de son exil, et avec une clairvoyance à laquelle il faut rendre hommage, Monsieur le Comte de Chambord, en donnait, jadis, aux Français le salutaire avertissement, — qu'un peuple qui renie son histoire, qui s'écarte violemment de sa voie traditionnelle, qui méconnaît sa mission dans le monde, « oscillera toujours entre le césarisme et l'anarchie, ces deux formes, également honteuses, des décadences païennes. »...

XII

L'EXPULSION

10 mai 1904

Plus rapidement que l'on n'eût pu le prévoir, l'iniquité suprême est enfin consommée : le couvent du boulevard Ménilmontant a, désormais, changé de maître. Et l'histoire dira comment ceux-là même qui font des lois pour couvrir leurs proscriptions d'un masque hypocrite, savent, au gré de leurs caprices, fouler aux pieds les prescriptions législatives les plus élémentaires.

« On ne discute pas avec ses adversaires ; on les supprime. » Eternelle parole de Madier de Montjau, qui restera la devise suprême du régime que la France subit — il faut avoir le courage de le reconnaître — avec une inconcevable et désespérante résignation !

Condamnés le 30 juillet 1903, les Pères Rédemptoristes, refusant de s'incliner, interjetèrent appel. Une première fois par défaut, une seconde fois sur opposition, la cour confirma le jugement du tribunal correctionnel.

Il restait aux Religieux une ressource dernière : le pourvoi en cassation. Energiquement résolus à épuiser, sans défaillances, toute la série des juridictions de recours, les Pères Rédemptoristes attendirent, patiemment, que le liquidateur leur eût fait donner, à personnes, signification de l'arrêt de la cour, ainsi que la loi l'exige impérieusement.

Aussi longtemps que cette formalité n'était point remplie, l'arrêt demeurait lettre morte, et les Religieux restaient légalement couverts par l'ordonnance du président du tribunal civil les autorisant à résider dans leur couvent jusqu'à ce qu'il fût définitivement jugé « que leur présence dans les lieux constituait une infraction à la loi pénale ».

Dès lors, complètement rassuré sur le sort immédiat de sa communauté, le R. P. George, recteur du couvent, crut pouvoir, en toute sécurité, quitter Paris, et entreprendre en Espagne un voyage urgent. Il partit le dimanche soir, 8 mai.

Que se passa-t-il alors ? La police fut-elle avertie de ce départ par un de ces « délégués » devenus des rouages nécessaires au bon fonctionnement de l'administration républicaine ? Toujours est-il que le surlendemain, 10 mai, les hostilités éclataient, soudaines et imprévues...

Il était trois heures du matin. A peine les premiers rayons du soleil commençaient-ils à poindre sur l'horizon, que déjà une innombrable armée de gardiens de la paix se range sur le boulevard de Ménilmontant, pendant que d'autres forces policières envahissent le passage René, sur lequel ouvre l'habitation du concierge du couvent.

Tout a été admirablement prévu : on sait qu'à cette heure matinale, le quartier est désert. Les manifestations de la foule indignée ne sont donc pas à craindre. Surviendraient-elles, trouverait-on chez les hôtes du couvent une résistance que la traîtrise de l'attaque ne laissait pas prévoir, les commandants de cette glorieuse expédition ont sous la main tout un escadron de cavalerie, massé près du Père-Lachaise, auquel en a joint une compagnie de pompiers.

Petits soldats de la France guerrière, toujours noble et chevaleresque, vous que les rêves dorés d'une adolescence généreuse ont bercé dans l'espoir si doux de la revanche glorieuse, voilà à quelles dégradantes besognes la République vous astreindra désormais. Vous aviez rêvé chasser l'envahisseur du sol toujours français de nos provinces en deuil ; vous chasserez, désormais, du sol de la patrie, les meilleurs parmi les enfants de la France, les fils de ces grands moines, de ces Religieux héroïques qui défrichèrent notre sol natal. N'y a-t-il pas dans les choses elles-mêmes une logique impitoyable et rigoureuse, et ne trouvez-vous pas qu'héritiers de ceux qui aidèrent si puissamment à construire notre édifice national, ces Religieux qui s'en vont aujourd'hui ne peuvent plus avoir rien de commun avec ceux qui le détruisent...

Il était cinq heures du matin, lorsque le liquidateur, M. Duez, accompagné d'un huissier et bientôt rejoint par MM. Mouquin, directeur des recherches, Bordes, commissaire de police du quartier, et l'officier de paix du onzième arrondissement en uniforme, s'avancent vers la porte du n° 8 du Passage René. Ils sont accompagnés d'un serrurier.

Ignorant des événements qui se préparaient, le concierge du couvent dormait encore paisiblement, lorsque, soudain, des coups violents viennent ébranler la porte, en même temps qu'une voix s'écrie : « Ouvrez, au nom de la loi ! » — « Qui êtes-vous et que voulez-vous ? » interroge le concierge, surpris de ce brusque réveil. — « Cela ne vous regarde pas, ouvrez ou nous enfonçons la porte. »

La menace, d'ailleurs, était parfaitement superflue, car, au même moment, la porte, crochetée par le serrurier sur l'injonction du liquidateur, livrait passage à toute la cohorte qui se répand dans les jardins.

A ce moment, attiré par le bruit, arrive le R. P. Béthune, qui, en l'absence du Père George, remplit les fonctions de Supérieur. Très dignement, fort des garanties de la loi dont il se sait couvert, — et que la cour de cassation reconnaîtra plus tard, en acceptant le pourvoi formé devant elle, — il proteste contre cette violation de domicile. Pour toute réponse, on le bouscule, et, violemment, on le rejette vers le couvent où il se trouve bientôt réuni aux quelques seuls Religieux qui l'habitent encore.

Dès lors, l'expulsion ne saurait être longue. A peine permet-on aux Pères d'emporter quelques objets indispensables. Puis on les pousse à la porte ; et pour éviter jusqu'à la possibilité d'une manifestation populaire qui serait la flétrissure des expulseurs officiels, on les fait monter dans des voitures réquisitionnées par la police.

Cependant, dès le début de cette invasion brutale, le Père Béthune, préoccupé de mettre le Saint-Sacrement à l'abri des insultes et des profanations possibles, avait, dans cette intention, pressenti M. Mouquin, et celui-ci, tranquillement, lui avait répondu qu'il pourrait emporter le Saint-Sacrement et qu'un agent suivrait en portant les bagages :

— « Nullement, reprit vivement le Père ; c'est un acte religieux, et j'entends l'accomplir comme il convient. Je transporterai le Saint-Sacrement où bon me semblera, et j'exige votre parole qu'il me sera loisible de rentrer pour prendre mes bagages. »

M. Mouquin s'incline. Alors, suivi par les agents, le Père se rend à l'oratoire de la communauté, revêt le surplis et l'étole, et pieusement, emporte les Saintes Espèces à la chapelle des Sœurs de Saint-Vincent-de-Paul, située dans le passage René. Puis il revient, et, chargé de son modeste bagage, le dernier de tous, — tel le capitaine sur son bateau qui sombre, — le cœur chaviré d'une tristesse profonde, il quitte cette maison dont il est le propriétaire et où il a passé vingt-six années de sa vie laborieuse et bienfaisante.

Le couvent est, désormais, désert. Les exécuteurs triomphent. Trop tôt, peut-être, car alors se passe une petite scène que nous n'aurions garde de ne pas signaler, tant elle en dit plus à elle seule que les commentaires les plus éloquents.

La voici, telle que la raconte, d'après un témoin, le *Bulletin de la Charitable Providence* :

« Au serrurier qui paraît, muni de son trousseau de rossignols, Duez présente un billet de la Banque de France comme prix de ses nobles services. « Je n'ai rien pour « vous rendre », dit l'ouvrier. — « Gardez « le tout, » répond le liquidateur. Comme il semble hésiter, M. Mouquin le rassure en disant : « Gardez-le hardiment : s'il vous le « donne, c'est que ce n'est pas à lui. »

« Comme ces Messieurs se connaissent !... »

Ainsi se trouvait donc achevée la première partie de l'expédition dirigée par M. Duez. Car celui-ci, en véritable conquérant, n'avait pas moins rêvé que de s'emparer, également, de tous les immeubles voisins, et, à peine sorti du couvent, il s'y était précipité.

Il se rend, tout d'abord, au 57 du boulevard Ménilmontant, maison appartenant à la Société tontinière propriétaire du 55, et louée par elle à diverses personnes, mais où jamais n'avait logé aucun congréganiste. Et là, sous menace d'expulsion immédiate, il fit signer à chacun des occupants un engagement de location : manœuvre qui, grâce aux mêmes menaces, lui réussit, également, auprès des locataires du 51 du boulevard Ménilmontant, immeuble qui se trouvait, cependant, la propriété personnelle du R. P. Béthune.

Enfin, pour compléter son œuvre, le liquidateur, suivi de ses agents, avait envahi les locaux de la « *Charitable Providence* », puis s'était retiré après en avoir barricadé les portes. Et lorsque M. Nicolle-Malpas, président de l'Association, se présenta et voulut entrer dans un immeuble dont il était régulièrement locataire, il fut prié avec cette politesse d'un genre très spécial, particulière aux policiers, d'avoir à « circuler » sur-le-champ, sous peine, non plus d'expulsion, — la mesure avait été préventive, — mais d'immédiate arrestation.

Le procédé est sommaire, mais il est bien dans la note du régime. Et ce n'est pas nous qui l'affirmons, c'est un député républicain, dont les opinions sont peu suspectes, c'est Henry Maret, qui écrivait, il n'y a pas longtemps :

« Nous avons retrouvé notre idéal perdu. Il était dans la bouche du caporal, et nous savons maintenant que la meilleure des républiques est celle où il n'y a qu'un mot qui serve :

« Moi, je vous fous dedans ! »

Cependant, il paraît qu'en la circonstance M. Duez excéda la mesure du « caporalisme » permis. Et, quelques jours après, sur assignation de M. Nicolle Malpas, il se voyait mis en demeure, par une ordonnance du président du tribunal civil, de restituer les locaux qu'il avait illégalement occupés.

M. Duez s'exécuta de bonne grâce : il savait bien que sa victoire n'était que partie remise et que, embusqué au bon endroit, dans les détours insidieux d'une procédure tortueuse, il arriverait, fatalement, à donner à ses ennemis le coup de grâce décisif.

Et la question, pour lui, fut résolue promptement : il lui suffisait, en sa qualité de liquidateur des biens de la congrégation des Rédemptoristes, de demander au tribunal de déclarer nul, « comme simulé et fait pour éluder la loi du 1er juillet 1901 », le bail passé le 17 mars

1903, par M. Nicolle-Malpas, président de la « Charitable Providence », avec le R. P. Béthune et les autres Religieux, propriétaires des immeubles.

Si singulière que parût cette prétention, elle devait, cependant, triompher. Aux arguments de Me Raymond Persin, alléguant que ce bail passé à une époque antérieure au refus d'autorisation, et par conséquent à un moment où le R. P. Béthune n'était pas encore désinvesti de ses droits de propriétaire, était un acte valable, le tribunal répondit que les biens de la congrégation étant devenus la chose du liquidateur, le bail, dans lequel il n'était pas intervenu, devait être déclaré nul et non avenu.

C'était la consécration d'une spoliation, prochainement définitive, et qui, pour être légale, n'en était pas moins odieuse.

TABLE DES MATIÈRES

Paris. — Société française d'Imprimerie et de Librairie.

APPENDICE

LA SPOLIATION

8 septembre 1905.

Elle est désormais bien finie, la triste histoire du couvent de Ménilmontant, depuis que les hommes qui avaient reçu la haute mission de rendre la justice au nom du peuple français ont, au mépris de la plus vulgaire équité, sanctionné de leur arrêt souverain le coup de force brutale qui dépossédait, violemment, de leurs biens légitimement acquis, des citoyens libres, enfants de la terre de France, revêtus de la plénitude de leurs droits civils.

Devant la première chambre de la Cour de Paris, les Pères Rédemptoristes avaient interjeté appel du jugement du tribunal civil les dépouillant des biens leur appartenant en propre et acquis de leurs deniers personnels.

Et leur prétention, si naturelle en elle-même,

si pleinement conforme à la notion la plus élémentaire du droit de propriété, se fortifiait, par la voix de Me Albert Prieur, de considérations juridiques, solides et sérieuses :

« Attendu, affirmait l'éloquent défenseur des Religieux, que la loi du 1er juillet 1901 n'a établi aucune fin de non-recevoir à l'égard des biens acquis à titre onéreux par des congréganistes depuis leur entrée dans la Congrégation ; que, bien au contraire, l'article 17 reconnaît manifestement et sans aucun doute possible une action aux membres des Congrégations se trouvant dans ce cas ; qu'on chercherait vainement, d'ailleurs, le motif rationnel d'une pareille exclusion, et qu'il n'est pas permis enfin d'admettre par voie de supposition une forclusion qui n'est pas dans la loi ;

« Attendu que c'est donc à tort que, dans la cause, le Tribunal a déclaré les demandeurs non recevables par ce motif que lesdits immeubles ne leur appartenaient pas avant leur entrée dans la Congrégation ;

« Attendu, en outre, que la présomption d'interposition de personnes édictée dans ce même article ne saurait être appliquée rétroactivement aux acquisitions faites par des congréganistes antérieurement à la loi de 1901, puisque ce serait violer la règle fondamentale du droit français édictée dans l'article 2 du Code civil, à savoir que la loi ne dispose que pour l'avenir, qu'elle n'a point d'effet rétroactif;

« Attendu que ce serait une erreur de croire que les religieux Rédemptoristes n'avaient point la capacité voulue pour acquérir; qu'ils ne sont nullement frappés de mort civile; qu'ils ont la jouissance complète de leurs droits civils... »

C'était là, dira-t-on, le langage du bon sens et de la saine justice. Mais c'en était assez, en notre temps, pour que la cause ainsi présentée fût irrémédiablement perdue, et, le 13 juillet 1905, la Cour, rendant son arrêt qui confirmait simplement le jugement du tribunal de première instance, abandonnait définitivement entre les mains du liquidateur de la congrégation des Rédemptoristes les immeubles qui constituaient, pour plusieurs des membres de cette congrégation, une propriété intangible et inviolable.

... Et maintenant, sur l'immeuble qui porte le numéro 55 du boulevard de Menilmontant, sur ces murs et cette chapelle à l'ombre desquels, au cours de ces trente dernières années, vinrent successivement se réfugier tant de misères physiques et morales, peuvent se lire ces mots dont la foule insouciante ne comprend pas la portée véritable et profonde : « Immeuble à louer !... »

Ainsi, il y a quelque cent ans, l'anarchie révolutionnaire vendait à l'encan les biens de l'Eglise et des Ordres monastiques.

L'opération se soldait, cinq ans plus tard, par une banqueroute de quarante-trois milliards.

Que nos persécuteurs modernes ne se hâtent donc point de triompher : l'histoire n'est-elle pas un perpétuel recommencement ?...

Frappés de nouveau, mais toujours refusant de s'incliner devant l'injustice, et ne voulant pas paraître souscrire, même par un acquiescement tacite, à l'iniquité légale, les Pères Rédemptoristes portèrent leur cause devant le tribunal suprême de l'opinion publique.

Leur protestation fut éloquente et vigoureuse. Elle disait :

« Dans son audience du 13 juillet 1905, la Cour d'appel de Paris vient de rendre contre nous un arrêt par lequel, selon l'expression de M. Fourcade, procureur de la République à Evreux, elle consacrait « une mainmise arbi- « traire de l'État sur des propriétés particulières

« et le principe d'une véritable confiscation « exorbitante et injuste ».

« Les victimes voulaient espérer que, s'élevant au-dessus des passions antireligieuses qui ont inspiré la loi du 1er juillet 1901, et planant dans les sereines régions du droit, la Cour n'assumerait pas une responsabilité dont la séparation des pouvoirs ne dégage aucun être raisonnable, fût-il roi constitutionnel ou président de république.

« Vain espoir ! Et nous avons entendu le président de la 1re Chambre lire, sans trembler, un arrêt qui confisque notre propriété, en sorte qu'au nom de la loi, la Cour de Paris vient de proclamer que le vol est permis dès qu'il se trouve une majorité pour l'autoriser.

« Bien plus, cet arrêt frappe d'incapacité civile absolue des citoyens français aussi capables de posséder que les juges qui l'ont rendu !

« Notre devoir nous imposait de faire entendre une énergique protestation en face de nos signatures méprisées et au nom de notre honneur qui serait entamé s'il n'était pas hors d'atteinte.

« Donc, en dépit des arguties, des faussetés et des monstruosités juridiques de nos adversaires, qui ont étayé l'arrêt de la Cour, nous demeurons vrais et légitimes possesseurs respectivement des immeubles sis boulevard de Ménilmontant, 51, 53, 55, 57 et passage René, 6 et 8.

« Ces immeubles, nous les avons acquis pardevant notaires, et nous en avons payé le prix. Et puisque, seuls parmi tous les citoyens français, nous devons en justifier, nous attestons que le prix en a été payé de deniers nous appartenant en propre et provenant en partie de notre patrimoine, en partie de nos privations et économies et du fruit de nos durs labeurs.

« Nous sommes propriétaires. Témoin, avec les actes notariés que nous produisons, la tranquille jouissance trentenaire de nos immeubles, sans que jamais il se soit élevé, même en 1880, une seule réclamation. Témoin encore la reconnaissance de nos droits par l'enregistrement, le bureau des hypothèques, la préfecture de police, l'État lui-même, qui ne nous a point ménagé les impôts et qui, par surcroît, grève encore des frais de justice ceux qu'il a spoliés.

« Légitimes propriétaires, nous protestons à nouveau contre l'invasion brutale qui nous a chassés de notre domicile comme des malfaiteurs, et qui, nous confisquant meubles et immeubles, nous enlève la liberté que possède le dernier des Français de vivre en paix chez lui.

« Légitimes propriétaires, nous protestons contre l'arrêt qui nous impose, comme à des faillis, un liquidateur qui n'est qu'un détenteur inique. Par conséquent, nuls et de nul effet seraient les actes de vente ou de location accomplis à sa requête.

« De plus, nous déclarons que personne ne peut se porter acquéreur sans se rendre complice d'un vol qui, de sa nature, est frappé d'excommunication.

« Enfin, nous déclarons que jamais nous ne renoncerons à nos droits, dont nos héritiers, à notre défaut, poursuivront, envers et contre tous, la revendication. Par suite, les juges qui ont perpétré cette grande iniquité sont, les premiers, tenus à restitution, — restitution dont nul sur terre n'est à même de les exempter, — et au défaut de laquelle ils ne pourraient recevoir, même à l'article de la mort, l'absolution de leur injustice.

« Et cette obligation de la restitution pèsera, jusqu'à ce qu'elle soit intégralement accomplie, sur leur descendance qu'atteindraient, hélas ! tôt ou tard, les malédictions d'en haut.

« Car, quoi que puissent dire les hommes de

la loi humaine, il n'est pas de loi contre le droit, il n'est pas de loi contre la loi de Dieu qui jugera les juges, loi qui est ainsi formulée : « Le bien d'autrui tu ne prendras, ni retiendras injustement ».

« *Au nom de tous les propriétaires :*

A. GEORGE, E. BÉTHUNE.

« *Paris, le 10 août 1905, premier anniversaire du jour où l'auteur de la loi d'exception votée contre les Congrégations a comparu devant le souverain Juge.* »

Puisse donc la protestation suprême des persécutés trouver un écho salutaire dans l'âme de tous ceux que révolte l'injustice, et ouvrir enfin les yeux les plus obstinément fermés à l'évidence la plus éclatante !

Certes, prise en elle-même, elle semblait peut-être plus noble et plus fière, l'attitude de ces Religieux refusant, dès le premier jour, de se soumettre à une loi d'exception et emportant avec eux, loin des rives inhospitalières de la Patrie, l'image outragée de la liberté.

Reconnaissons, cependant, avec le fabuliste, que « Dieu fait bien ce qu'il fait ».

Il est toujours, de par notre beau pays de France, d'éternels optimistes dont les catastrophes successives n'ont pu jamais guérir la candide insouciance : âmes naïves, à force de vouloir être bonnes, et auxquelles le gouvernement aurait eu trop beau jeu de faire entendre qu'il était rempli de dispositions bienveillantes, prêt à accorder toutes les autorisations nécessaires et que, par conséquent, l'hostilité systématique des Congrégations était seule responsable d'un exil volontaire.

On saura maintenant à quoi s'en tenir, et le sacrifice volontairement accepté par les RR. PP. Rédemptoristes aura, du moins, détruit par avance ces explications hypocrites et mensongères.

Fidèle à son programme de persécution religieuse, la République, on le sait, a décrété, en bloc et sans discussion, la mort de toutes nos Congrégations religieuses.

C'est un jugement ; ce n'est pas le dernier.

Celui-là viendra à son heure, et, ce jour-là, comparaîtront face à face, devant la Justice éternelle, souverainement infaillible, les persécuteurs et les persécutés.

Alors on s'expliquera...

Cependant, et malgré l'invincible espoir des réparations certaines, que les catholiques ne se hâtent point de se réjouir trop bruyamment.

L'audace de leurs ennemis n'aura qu'un temps, c'est vrai ; et déjà leurs persécuteurs connaîtront l'effrayant oubli du tombeau, que l'Église du Christ resplendira toujours d'un immortel éclat.

Mais, devant le tribunal de l'impartiale histoire, se posera toujours la question de savoir si l'audace des sectaires n'était pas faite surtout de l'aveuglement volontaire de leurs adversaires, refusant de regarder en face la cause du mal, pour donner ainsi à leur indifférence coupable une excuse trop facile.

Le jugement de la postérité sera sévère pour notre temps, et ce sera justice.

Voilà vingt-cinq ans que les républicains au pouvoir fatiguent les oreilles des catholiques de leurs avertissements répétés, et ceux-ci, toujours insouciants ou incrédules, s'endorment tranquillement, au soir de chaque tempête, sans souci de la tempête du lendemain qui devait les trouver désarmés et plus faibles encore.

Déjà, en 1879, au lendemain de ce jour où la République, suivant le mot de Gambetta, « avait cessé d'être conservatrice pour devenir républicaine », les républicains célébraient leur arrivée au pouvoir en déposant, sans plus tarder, une première loi contre la liberté de l'enseignement.

Et pour qu'il ne restât dans l'esprit de quiconque le moindre doute sur la caractéristique du régime qui venait de s'inaugurer, le rapporteur Paul Bert déclarait du haut de la tribune :

« *L'Eglise catholique est seule en cause dans le débat.*

« C'est pour l'atteindre que nous voulons créer un nouvel ordre d'indignité qui pèsera sur toute une classe de citoyens. »

Jamais l'avertissement n'avait été plus net. La doctrine s'affirmait quelques années plus tard, lorsque M. Goblet déclarait à son tour : « Les catholiques ne sont pas des citoyens comme les autres. »

Soyons équitables, cependant, et rendons à M. Goblet la justice qui lui est due !

Son anathème n'était que la paraphrase académique de la réponse que le communard — un précurseur — faisait à Monseigneur Darboy, archevêque de Paris, lorsque l'infortuné prélat se réclamait de la liberté qui devrait être égale pour tous : « F... nous la paix, calotin : ta liberté n'est pas la nôtre ! »

Ainsi les hommes peuvent changer, mais

les principes et les doctrines ne varient pas.

Et toujours il en sera de même, aussi longtemps que pèsera sur la France ce régime révolutionnaire qui a posé à sa base la négation des droits de Dieu et la déification des « Droits de l'homme ».

www.ingramcontent.com/pod-product-compliance
Ingram Content Group UK Ltd.
Pitfield, Milton Keynes, MK11 3LW, UK
UKHW031901260826
14628UKWH00002B/912

9 782329 573724